ATIRE A PRIMEIRA PEDRA NESTE CORAÇÃO CANSADO

PAULA VAZ

ATIRE A PRIMEIRA PEDRA NESTE CORAÇÃO CANSADO

1ª edição

EDITORA RECORD
RIO DE JANEIRO • SÃO PAULO
2025

CIP-BRASIL. CATALOGAÇÃO NA PUBLICAÇÃO
SINDICATO NACIONAL DOS EDITORES DE LIVROS, RJ

V496a Vaz, Paula
Atire a primeira pedra neste coração cansado / Paula Vaz. - 1. ed. - Rio de Janeiro : Record, 2025.

ISBN 978-85-01-92490-2

1. Romance brasileiro I. Título.

25-98777.0
CDD: B869.3
CDU: 82-31(81)

Meri Gleice Rodrigues de Souza - Bibliotecária - CRB-7/6439

Texto revisado segundo o Acordo Ortográfico da Língua Portuguesa de 1990.

Direitos exclusivos desta edição reservados pela
EDITORA RECORD LTDA.
Rua Argentina, 171 – Rio de Janeiro, RJ – 20921-380 – Tel.: (21) 2585-2000.

Impresso no Brasil

ISBN 978-85-01-92490-2

Seja um leitor preferencial Record.
Cadastre-se no site www.record.com.br
e receba informações sobre nossos
lançamentos e nossas promoções.

Atendimento e venda direta ao leitor:
sac@record.com.br

EDITORA AFILIADA

Somos todos de uma textura tão disforme e diversa que cada pedaço, a cada momento, faz o seu jogo. E existem tantas diferenças entre nós e nós próprios como entre nós e os outros.

Michel de Montaigne

Em mim, tenho medo somente daquelas contradições com tendência à conciliação.

Rainer Maria Rilke

O amor é uma alegria e um sofrimento.

François Truffaut

Qualquer coisa ficou em ti estupefata.

Jean Cocteau

1.

Laura

Falar de amor pode ser uma necessidade.

Mas nem sempre falamos de amor falando de amor.

Às vezes falamos de amor fazendo falar as árvores, os pássaros, os desertos.

Outras, não.

Às vezes falamos de amor quando falamos, por exemplo, da alegria. Esse afeto que não mente, ainda que nos engane.

É o ônus da atração.

Espinosa diria que o amor nada mais é que a alegria, acompanhada da imagem de uma causa exterior.

Alberto Caeiro diria que o amor é uma companhia.

Laura diria que o amor é uma maneira de estar no mundo.

A um só tempo, dentro e fora dele.

A paz flertando com o caos, o equilíbrio desequilibrado dos ritmos cardíacos.

A razão mais além do que pensam nossos próprios pensamentos.

A perda de si levando a um além de si.

E a impressão de que não podemos obedecer ao coração se não formos um pouco desobedientes.

As melhores palavras de amor Laura não encontrou nos livros.

As melhores palavras de amor ela colheu da vida quando estava presente na vida.

Tem coisas que só são subversivas na medida em que não foram ensinadas.

Quando muito, foram apreendidas, na vivência do gosto e do rastro.

E é sempre enigmático o que quer que seja que responda ao nosso desejo.

Mas é certo que, pelo amor, há chance de sermos transformados.

A desopressão da nossa cela.

Os fios do nosso devir.

Afinal, não nos achamos olhando no espelho.

Uma espécie de pureza e virgindade reside nisso, como diria Rilke, no olhar que se dirige ao outro, no olhar para fora de si mesmo.

Foi ele também quem disse que não devemos gastar muita energia tentando explicar aos outros uma alegria que não poderiam compreender.

Enquanto atravessava a praça, a única certeza de Laura era a de que tinha um horizonte no caminho.

O caminho caminha. Quem teria dito isso?

Não foi Marguerite Duras. Ela diria outra coisa.

Ela diria que quando se está perdido é que se escreve.

Então, se tudo está perdido, não há mais nada a perder.

Ou talvez sim. Talvez tudo esteja apenas retido.

Era preciso perder.

Era preciso perder inclusive o medo de dizer.

Você ajudará algumas pessoas e prejudicará outras no seu trabalho sem saber — ouvira, certa vez, num filme.

Mas é preciso continuar.

Era o filme *Amador*, do cineasta polonês Krzysztof Kieslowski.

Em determinada cena, o personagem principal sente-se um pouco culpado e destrói o filme que tinha feito.

Ele era sensível e seus instintos o faziam sofrer.

Outro personagem do filme diria:

Não o perca. Mantenha-o vivo.

Barthes certa vez escreveu que a sua maior paixão na vida foi o medo.

Laura diria que sua maior paixão na vida foi o amor.

Mas, vira e mexe, sentia o coração cansado.

Como agora.

Talvez porque chegar perto da intensidade do sublime fosse arriscar-se na fronteira entre o humano e o inumano.

O estranho em nós.

O que se diz à meia-luz, mas também de modo feroz e assustado.

Dor que uiva, imagem que arranha, desejo que rasga o sentido das coisas, tudo isso planta de novo o enigma, não tem palavra, mas exige expressão.

Não era uma crença ingênua no poder do amor o que guiava a nossa personagem.

Era algo mais sério.

Era a sensação de que não se podia desconsiderar Eros, impunemente, sem adoecer, entristecer, amargurar, encolerizar ou morrer.

2.
Zeus

Ainda ressequida, ressentida e ressaqueada pelos últimos acontecimentos, Laura custou a se desembaraçar até chegar à praia, dois dias após pousar no Rio de Janeiro.

Ela se acomodou na cadeira debaixo do guarda-sol alugado e pegou um dos livros trazidos na bagagem.

A mala feita às pressas, para uma viagem só de ida.

A volta estava em aberto, como todo o resto.

Começou a ler um livro que tinha escolhido pelo título, mas também pela suavidade que via no autor:

E ele não sabe o que fazer quando a escrita se iguala à vida, quando uma é a casca da outra ou o seu bagaço, e quando não há consolo para o coração que pulsa sob o peito — e entre as fímbrias do papel.

João Carrascoza

Ela gostava das palavras que traziam o implacável serenado pela compacidade do dizer.

Enquanto ajeitava os óculos, viu aproximar-se dela um rapaz querendo lhe vender alguma coisa.

Ele pediu uns minutos de sua atenção.

Ela tentou disfarçar um fio de desânimo.

Custara a chegar até aquela ilha de silêncio.

Fechou *O céu implacável* e pôs-se a ouvir.

O rapaz se apresentou.

Contou que era estrangeiro, viera de Angola, precisava pagar a faculdade, por isso vendia esses livros e, se ela pudesse ajudar comprando um...

— Eu sei que é muito chato uma pessoa chegar invadindo seu tempo, roubando o seu silêncio, você parecia tão concentrada...

Laura ficou tocada com esse comentário. Tinha sido lida.

Ela mudou de posição na cadeira, em seguida perguntou qual faculdade ele fazia.

— Jornalismo.

Ele disse também que era DJ, mas estava há um tempo sem tocar, por conta de uma depressão.

Ela notou que havia em seus olhos muitos cansaços.

Perguntou sobre o livro, já estendendo uma nota para comprá-lo.

Ele disse que era sobre religião, mas que honestamente ele mesmo era ateu e não gostava muito do livro.

Indicou dois capítulos, que considerava os melhores.

Ela respondeu que o entendia e que iria ler os capítulos.

Ele comentou, irônico, que, pelo visto, o livro não era nem para quem estava vendendo nem para quem estava comprando.

Ela sorriu, identificada com a conversa.

Ele perguntou o que ela fazia.

Ela disse que era jornalista, mas também escrevia poemas.

Nessa hora ele abriu um sorriso e olhou para ela como se ela fosse uma pessoa muito importante.

O rapaz começou então a falar com desenvoltura sobre os escritores brasileiros.

Disse que nem toda gente que escrevia de fato escrevia, que ela deveria saber disso.

Falou de Clarice:

— Essa, sim, escrevia.

Falou de *Um sopro de vida*, discorreu sobre outros escritores, poetas. Ele os comparou, criticou as palavras muito acostumadas, as linguagens excessivamente aclimatadas, mas também a complexidade que nunca chegava ao simples, e continuou falando como se falasse para si mesmo, até que, de repente, pareceu vê-la de novo:

— Você é famosa?

Ela achou graça na pergunta e respondeu que não.

Contou que já publicara uns livros. Quatro, ao todo.

— Mas quantos livros você já vendeu? Será que um dia vou ouvir seu nome aqui pelas praias do Rio de Janeiro? Faz a gente ouvir seu nome, mulher.

Laura sentiu, nas palavras daquele menino, uma faiscazinha de confiança. Poderia soar inadvertida, mas era espontânea.

Logo ela, que andava enrolando para dizer o que tinha a dizer, colocando tudo na frente, imersa no jornal e na vida, desperdiçando os intervalos, esperando encontrar no mundo lá fora ou nas redes o que não estava certo de aparecer.

— E você bem que podia voltar a tocar sua música.

Ele concordou com a cabeça, disse que iria voltar, logo, logo, e fez um gesto com as mãos, quase religioso.

Mas agora tinha que ir, ainda precisava vender pelo menos uns quinze livros hoje.

— Esqueci de perguntar seu nome.

— Zeus — ele respondeu. — Meu nome é Zeus.

Laura se surpreendeu. Ele percebeu.

— É que meu pai também era jornalista, em Angola. Um homem de muita leitura. Ele sempre gostou de mitologia, literatura, filosofia. Ele que me deu esse nome.

— Nossa, Zeus! Não é qualquer nome.

— Pois é. Não é tão fácil de carregar.

— Imagino! Mas você pode carregar à sua maneira!

Ele sorriu, balançou a cabeça concordando e se despediu.

Laura ficou com a sensação de ter estado diante de uma palavra meio sagrada; possivelmente mais que as contidas no livro que ele vendia.

Lembrava-se de ter lido em algum lugar que o psicanalista francês Jacques Lacan criara o neologismo "Deuzer", juntando a palavra Deus com a palavra dizer, para construir a ideia de que Deus seria uma fala mais além dos ditos corriqueiros. Um dizer que, por um breve momento, faz Deus ser.

Será que aquele velho título meio dramático, meio almodovariano, que ela guardava há tempos na gaveta, seria mais uma vez deixado de lado?

Não estava na hora de se livrar dele?

Ou será que o amor, como o sol e como a morte, não podia mesmo ser encarado de frente?

Às vezes tinha a impressão de que o título *Atire a primeira pedra neste coração cansado* já era ele mesmo um livro, uma encenação que, por si só, dispensaria explicação.

Seria?

3.
Mathias

Com o livro fechado, olhando para o mar, ela se lembrou de Mathias.

Como foi difícil viajar para o Rio de Janeiro, sair de perto do homem como que fugida, saber que precisava se curar dele, ainda que a fórceps.

Alguma coisa tinha desmoronado.

Por um lado, era um alívio voltar a viver no aberto da paisagem, acolhendo as palavras que chegam no exercício diário de liberdade.

A vida não podia girar em torno do binômio amar/ser amada pelo homem.

Aos cinquenta anos, já tinha passado da idade de saber que paixão é delírio, tormento, demanda de amor impossível, invenção, ainda que não fosse mentira; uma flor colhida na beira do precipício, como diria Stendhal, e não uma rede onde repousam serenamente os corpos.

Se as coisas pudessem ter apenas a dignidade do que são... nada a mais, nada a menos... se pudéssemos ser mais sãos quando nos apaixonamos!

Mas como se atravessa serenamente um tornado?

Com que poder enfrentamos a autoridade esmagadora das experiências numinosas?

Como abstrair um rosto que se instala no fundo de todos os cenários?

Do real alguém escapa?

4.
Recuo

Agora que Laura e Mathias haviam recuado um do outro, seus discursos pareciam não acompanhar mais seus corpos.

Eles andavam para trás como dois curupiras. Como Aquiles e a Tartaruga, seus passos não se alcançavam. Seus andares desandaram.

Enquanto ela descrevia um episódio qualquer de sua rotina, ele a olhava como quem se perguntava:

— Que mundo é esse, que mulher é essa, que critério a norteia e a faz parecer tão segura dos seus atos; quais dilemas ocultos ela guardaria em segredo?

Quando ele ameaçou tocar um piano, ela o interrompeu três vezes.

Estava um pouco ansiosa com o que percebia nas entrelinhas desse encontro.

Ele, já longínquo.

Ela, já saudosa.

A única que coisa que lhe veio à mente foi uma frase da escritora portuguesa Maria Gabriela Llansol:

Que posso eu dizer-vos que não quebre a incomunicabilidade das palavras de amor?

5.
Erosão

Aqueles olhos desassossegados nunca a enganaram, mas naquele dia o que omitiam erodia o vínculo.

Quando é que percebemos o anúncio do fim?

Por qual movimento imperceptível alguma coisa nos escorre abruptamente das mãos?

De uma hora para outra, Laura sentiu o peso da falsa leveza que seria negligenciar a frouxidão do laço.

Ainda assim, ao chegar em casa, resolveu ler uma das mensagens que ele enviara assim que ela havia partido.

Era um poema de Mário Cesariny:

Em todas as ruas te encontro
em todas as ruas te perco
conheço tão bem o teu corpo
sonhei tanto a tua figura

que é de olhos fechados que eu ando
a limitar a tua altura
e bebo a água e sorvo o ar
que te atravessou a cintura...

6.
Cortesia

Laura acordaria no dia seguinte lembrando-se do que sonhara.

Estava com sua mãe e tias indo a algum lugar.

A princípio, parecia uma galeria, mas logo revelou ser um hospital.

Ela avistou sua avó, toda arrumada, chegando para uma consulta médica e, surpresa, disse:

— Mas, vó, a senhora já morreu.

— Ah é, eu já morri, tinha me esquecido.

Ao voltarem todas para o carro, sua avó foi entrando no porta-malas e anunciando:

— Não fiquem aí paradas pagando de candinhas! Podem ir passeando por uns lugares bonitos! Seu avô, Laura, sempre foi vivo! Não me levem já para o cemitério!

Laura então gritou no sonho:

— Vó, o que a senhora está querendo me dizer?!

E sua avó respondeu:

— A vida é a cortesia de adiar o fim.

7.

Do começo

No início do luto, era preciso lembrar para poder esquecer.

Acionou então a memória do que tinha sido a alegria do começo.

O prazer do amante em estado nascente.

Entrar pela primeira vez naquela casa de música.

Saber que nada será como antes a partir do momento em que somos fiéis aos acontecimentos.

O olhar malicioso de Mathias.

A sua aparição.

Aquele riso todo por nada.

O cachorro vindo lambê-la na chegada.

As ameixas maduras.

A lua cheia de si.

Os dois passeando pela horta.

E não querer que isso acabe.

Tudo tão simples e tão sofisticado.

Os retratos dos filhos dele na parede descascada da entrada da casa, sem moldura, as taças sobre a mesa de caixotes improvisada no quintal, o vinho, rosé.

— Você gosta?

— Muito — ela diria, quando na verdade passaria a gostar naquele dia.

Gostava mesmo dos tintos.

— Você quer uma uva?

Naquele dia, ela queria tudo.

Ele trouxe as uvas. Eles sentaram no sofá.

Ela já não estava mais levemente embriagada pelo vinho que tomara com a colega na saída do jornal, tentando espantar a ansiedade da noite, o que quase a fez perder a hora do encontro com Mathias.

Ela estava embriagada por outra coisa.

Estava onde queria, com quem queria e da forma que queria.

É tão raro ser livre na hora em que se quer, na companhia de quem se quer, e pensando em seja lá o que vier depois; estar-se em dia consigo mesma.

As palavras vindas de um lugar que não se espera.

Ele tão bonito!

Os cabelos encaracolados, a pele morena, essa expressão de Selton Mello.

A boca que era quase um coração deitado.

Tudo tão sedento e tão calmo.

Tocar esse corpo desconhecido, saber que fariam amor mais tarde.

Todos os sentidos acionados.

Tudo pela primeira vez.

O mundo parado para sentir o gosto de uma uva, o mundo parado, e em primeiro plano: você.

Ela que, pelo marido, tinha se afastado muito dessa essencialidade, desse acabamento simples, em que paradoxalmente parecia que nada faltava, em que parecia que todas as coisas estavam por vir.

Uma nova intimidade se enunciava.

— Laura, agora preciso do seu corpo sem esse vestido.

Um frio no ventre quente.

Eles se misturariam por gestos ágeis e ternos, num balé de entrega, de espuma e de uma animalidade que a palavra não poderia alcançar.

No dia seguinte, Laura acordaria com o celular reluzindo:

— Inebriado!

Duas horas depois:

— Extasiado!

Que as partes não virem um todo para que as coisas não se compliquem, ela pensava.

Ainda é cedo, amor, para perdermos o acaso.

8.
Inscrições

De um escrito, ela tinha feito a tatuagem:

mon corps,

un toit tout à moi

que se traduzia em:

"meu corpo,

um teto todo meu".

Uma pequena subversão do título de Virginia Woolf: *Um teto todo seu*.

Talvez a liberdade seja uma construção muito solitária que só se realiza na pele.

E a paixão, um fogo de palha que não dura, e que costuma passar como essas nuvens que hoje correm os céus.

Mas como manter acesa a chama se, acesa, ela se consome?

Queria freá-la.

Não podia.
Ninguém pode.
Estavam no melhor dos mundos.
Un toit tout à moi.
Poderia também se ouvir:
um você inteiramente meu.

9.
Te vi

Com Mathias, havia sido uma espécie de arrebatamento à primeira vista.

Como na música de Fito Páez, cantada por Caetano, Laura não buscava nada e o viu.

Ela tinha ido a um seminário e chegou atrasada.

As pessoas já estavam todas sentadas, e ele apresentava um trabalho no palco junto a outros participantes.

Tinha uma cadeira vazia bem na frente do auditório, onde Laura sentou.

Pegou a apresentação dele no meio, mas foi ficando encantada com aquela voz e aquele texto que, sendo um ensaio, mais parecia um poema.

Para além de estar a serviço de qualquer conteúdo, aquela voz carregava uma sonoridade que fez com que Laura se apaixonasse por Mathias imediatamente.

Nenhum motivo racional. Todos os outros.

Quando ele terminou de falar e começou a ouvir o colega ao lado, seu olhar cruzou com o dela.

Isso aconteceria outras vezes até o fim da apresentação, não sem alguma perturbação em seus corpos.

No intervalo do café, ele veio conversar.

Disse que anos atrás lhe mandara uma mensagem na rede social, elogiando um de seus poemas.

Ela ficou surpresa. Não se lembrava.

A posteriori, ela iria conferir e encontraria mesmo a mensagem, notando que seu perfil era a imagem de um sol atrás das montanhas.

Pode ser que antes algum outro símbolo figurasse em seu lugar.

Verificou que, na época, respondeu ao elogio, educada e suscintamente.

Nada passou disso no evento, até que, no mês seguinte, Laura foi a uma festa da cidade e se deparou com o homem.

No fundo, tanto ele quanto ela sabiam que poderiam se ver naquela ocasião e pensaram nisso.

Laura sentiu seu coração mudar de ritmo.

Ela estava conversando com Ravi, um amigo, quando Mathias veio cumprimentá-la.

Laura, já meio soltinha depois de uns drinques, foi logo lhe apresentando:

— Ravi, esse é o Selton Mello. Selton Mello, Ravi.

Mathias pareceu ter gostado da comparação, que saiu de Laura com tanta naturalidade que até a ela surpreendeu.

Tempos mais tarde, ele diria que aquilo já tinha sido uma primeira cantada.

Ela não poderia negar.

Terminada uma performance que aconteceu na festa, os dois se olharam fixamente a metros de distância.

Mathias, percebendo os movimentos dela indo embora com os amigos, se aproximou:

— Aonde você vai?

— Embora.

— Já?

— Sim. Estou com eles.

— Mas eu te levo em casa.

— Eu moro longe.

— Então é caminho, porque eu também moro longe.

— Vou com ele — ela disse, virando-se para os amigos, que olharam para ela aumentando os olhos:

— Vem com a gente mesmo, Laura. Você mora longe.

— Ele também. É meu vizinho de lá.

O olhar cúmplice de Mathias.

Aquele tipo sedutor desconstruído, que Laura detectava de longe, apenas reforçava que nada a impediria de flertar com o perigo.

Mathias com certeza já sabia, pelos amigos que tinham em comum, que Laura era casada, mesmo assim perguntou:

— Você é casada?

— Sou.

— E?

— E o quê?

— Como você lida com isso?

— Lido bem — ela disse, sem querer entrar no mérito de suas próprias divisões.

— E?

Ela teve vontade de rir desse segundo "E", mas fez cara de quem assiste a uma palestra.

Ele continuou, bem direto:

— E consegue ser fiel ao casamento?

— Sim, claro! — ela respondeu, incoerente.

— Sempre?

Laura então, com o rosto sério e os olhos indisfarçavelmente brilhando por Mathias:

— Só não posso recusar o irrecusável.

Mathias ficou atordoado.

Alguém o chamou. Ele respondeu. Ele voltou. Queria se certificar de que havia entendido bem as coisas.

— Tem alguém irrecusável por aqui?

Ela, então, olhando dentro dos olhos dele, falou devagar:

— Talvez.

Mathias quase beijou Laura ali mesmo na frente de todos da festa, que já começava a esvaziar, mas, em vez disso, os dois se levantaram do banco em que tinham se apoiado.

Ela disse que precisava ir para casa. Sabia que não devia dar bandeira assim, chegando tão tarde numa quarta-feira, como se não houvesse amanhã.

Por isso, quando ele a convidou para a casa dele, ela recusou.

Por isso, mas não só. Queria também fazer render aquela história.

Quando os dois estavam saindo discretamente do evento para Mathias levá-la em casa, dois amigos dele apareceram pedindo carona também.

Entraram todos no carro.

Laura e Mathias conversavam com os amigos dele, fazendo sala, tentando ser formais para despistar as segundas intenções crescentes.

Os amigos de Mathias fingiam acreditar naquele teatro.

Eles deixaram os amigos de Mathias em casa, e Mathias estacionou o carro dois quarteirões à frente.

Os segundos que antecederam esse primeiro beijo foram quase um êxtase.

A língua de Mathias parecia ter nascido para entrar na boca de Laura.

Nada se compara à tensão de uma vontade que é pura reciprocidade.

O encontro é um milagre.

10.
Ser tambor

Pouquíssimo tempo depois, de novo, eles estariam num mesmo congresso.

Passaram a vida inteira sem se ver, e agora essas coincidências duvidosas.

Códigos cifrados, apesar da distância, de algum modo, chegavam até o outro.

Seus corpos retumbavam, e Laura não sabia muito bem domar o seu.

Sentiu o baque quando chegou mais cedo ao evento e o avistou na entrada. Aquela sensação de ser transpassada por alterações involuntárias.

A estratégia de dar mais uma volta no quarteirão para acalmar a pulsação.

A pressa em tirar o colar, que então pareceu demais. Não queria ficar muito enfeitada.

Laura parou o carro um pouco antes do portão da entrada e saltou para deixar o casaco no porta-malas.

Ao descer do carro, seus óculos, que estavam dependurados na cabeça, feito um arco, caíram e rolaram pela rua afora.

No seu impulso de correr para pegá-los, um carro quase passou por cima dela.

Laura ficou com medo de conferir o estrago e ser ela a atropelada.

Entrou no carro de novo.

Dirigiu até depois da porta do evento enquanto via a sombra de seus óculos mais bonitos, perdidos no meio da rua.

Aquelas lentes novas, aquele formato charmoso de gatinho. Nunca mais.

Chegou sem óculos para ler um trabalho que apresentaria, contando com a letra maior da impressão, e imediatamente se viu cara a cara com Mathias.

Tinham se encontrado por último há uma semana, naquele dia em que o gosto de um permaneceu na boca do outro.

As mãos dela, geladas, tocaram o braço dele, e se cumprimentaram num abraço hesitante.

Seu coração disparou e, por um momento, ela se perguntou se transparecia estar muito afetada.

Agora, ia apresentar um trabalho sem óculos, com as bochechas vermelhas, queimando de um calor que mais parecia febre no meio daquela gente toda.

Laura sabia que precisava disfarçar sua desordem, ainda mais nesse ambiente cheio de rostos conhecidos.

Todos passavam a impressão de estarem calmos, o que a fazia se sentir ainda mais inadequada.

Fingiu escutar o que as pessoas estavam dizendo, mas no fundo nada retinha sua atenção.

Quando pensou que iria ter um piripaque, a coordenadora da mesa anunciou seu nome, e ela subiu ao palco.

Começou a falar sobre uma matéria polêmica que ajudara a conduzir no jornal, e uma onda de ansiedade foi subindo do seu ventre até a boca, fazendo tremer as mãos quando pegou o copo d'água à sua frente. Era como um filme de terror.

Se pudesse, naquele momento, ela faria igual àquela atriz do filme *A primeira noite de um homem*, que saiu correndo sem olhar para trás quando Benjamin, interpretado por Dustin Hoffman novinho, apareceu na igreja na hora do casamento dela para roubá-la.

Mas, no caso de Laura, ninguém a livrou desse momento anômalo, e ela teve que prosseguir até o final com espírito emocionado, segurando-se num esqueleto de passarinho, que uma hora decolaria, ou arriaria de vez.

Maldito corpo que a traía toda vez que ela tentava dissimular uma reação.

Terminou sua apresentação sem entender se as pessoas perceberam sua aflição.

Durante o coquetel, depois da primeira taça de vinho, sentiu-se um pouco melhor. Um pouco. Muito pouco.

Circulou entre as pessoas com uma desenvoltura forçada, conversou com um e com outro, e de longe avistou Mathias.

Estavam sempre buscando o olhar um do outro e, quando se achavam, nada mais faltava.

Queria morar nas vagas dessa visão e congelar esse júbilo de vê-lo vendo-a, arrastando-a para um lugar fora do mundo em que ela adorava viver.

11.
Fluxo

O marido de Laura havia partido para morar uns meses fora do Brasil. Emendou uma viagem em que visitaria um amigo com um convite para uma experiência de trabalho nos arredores de Paris.

Laura bem que poderia ter ficado sentida com essa "viajação", talvez até tenha ficado, mas não ficaria tecendo e destecendo para ganhar tempo, como fez Penélope, esperando Ulisses voltar de sua jornada.

Não passaria o tempo se mortificando como se seu corpo fosse domínio de um colonizador.

Não dava para encarnar a invisibilidade daquelas mulheres de Atenas, criadas por Chico Buarque para descrever as mulheres sem gosto nem vontades, que sofriam por seus maridos quando eles embarcavam, soldados; quando eles se entupiam de vinho e costumavam buscar carinho de outras falenas e elas então se recolhiam *às suas novenas, serenas.*

Foi então que Laura e Mathias deram início a uma série de encontros cada vez mais encontrados, em dias, horários e locais cada vez mais improváveis, regados a tudo o que a clandestinidade tinha de mais convidativo:

Fome, sede, risco, riso, vinhos e amor à flor da pele.

Algumas vezes eles dormiriam juntos.

Ficariam madrugada adentro nessa toada que a derme, se falasse, melhor descreveria.

Laura adorava a maneira como Mathias a via chegar, reparando em todos os detalhes, no anel, nas unhas, no ritmo, no vestido.

Mathias adorava vê-la aparecer em lugares em que obviamente ela não poderia ir com ele, por serem públicos, mas que sua irreverência não a impedia.

Gostava também do modo como ela partia, deixando uma presença silenciosa e não desprendida dele.

Nas férias, ele foi encontrá-la num lugar inusitado.

Viajou horas a fio.

Chegando ao endereço em que ela já estava pesquisando para uma reportagem, Mathias tocou a campainha, entrou lentamente sem dizer uma palavra, beijou Laura com tanta intensidade, amou com tanto ardor, depois a pegou pela mão até a vista expandida da janela que dava para uma floresta, de onde observaram juntos a paisagem, por muito tempo, até que eles se cumprimentassem:

— Tudo bem, meu amorrr?

Era tão engraçado o jeito de ele pronunciar com ênfase o fim dessa palavra.

E tudo corria bem.

E tudo de cor, ria, mesmo que fosse piegas o jogo de palavras.

12.

Après

Tempos depois, por motivos que compõem a colcha de retalhos da vida, e como para alguns seres humanos nada é mais entediante que uma sucessão de dias belos, como diria Freud, as coisas mudariam.

Eles não seriam mais o que eram.

A economia do desejo é previsível como o imprevisto que tocavam agora, e no qual em breve eles se perderiam, tentando fazer caber o que não tinha cabimento.

Aí teriam que buscar esquecer a força da impressão dessa memória.

— Vontade de zarpar por uns dias de novo para a Amazônia com você, Laura.

— Sim — ela diria. — Vontade de acordar e falar: "Par ou ímpar, quem faz o café?"

— Depois do amor — ele diria.

— Só depois — ela reiteraria.

13.
Meia-noite

Laura lembrava como tinha sido marcado o primeiro encontro na casa de Mathias.

Ele havia perguntado quando seria.

Ela respondera perguntando quando ele queria que fosse.

— Agora — ele falou.

Laura estava no meio do trabalho, sabia que não poderia sair, mas deu corda.

— Agora, que horas?

— Agora, agora.

Esse dia transcorreria aquecido e um pouco desnorteado para os dois, quando no dia seguinte Mathias viria com outra proposta:

— E amanhã, sexta-feira, meia-noite?

Laura pensou por meio minuto e respondeu:

— Combinado. Sexta-feira. Meia-noite.

Acertaram que ele telefonaria quando estivesse livre, ela fugiria de onde estivesse.

Os dois passaram o dia na esperança de que nenhuma mosca passasse na frente do destino.

— Vem, Laura.

Do começo ao fim, a impressão de estar flutuando a palmos do chão, como se estivesse participando daquela cena de dentro e de fora dela.

Um casal de futuros amantes abrindo as portas da incerteza e conhecendo em primeira mão o mundo inédito com que teriam de lidar, nesse jogo entre ocultação e claridade, quando o que há de mais remoto penetra a rotina salvaguardando a realidade.

14.

O arrependimento

Laura, no fundo, sabia que aquele romance tinha seu tempo.

Não era uma desavisada em matéria de amor.

Se mergulhava para valer nas águas, era porque havia aprendido a nadar.

Sentiu raiva da amiga para quem ela teve a infeliz ideia de contar que estava se encontrando com Mathias.

A amiga, ao contrário do que Laura poderia supor, começou ela própria a ligar para Mathias, com a desculpa de querer resgatar uma antiga amizade de adolescência, mas no fundo o que queria mesmo era resgatar uma paixão infantil que Mathias sentira por ela naquela época, e à qual ela nunca dera confiança até o momento em que Laura falou dele com entusiasmo.

A amiga, de uma hora para outra, resolveu querê-lo também e entrou de sola, fez de tudo não apenas para atrapalhar o romance de Laura, falando com ele da solidez do casamento dela, mas já se insinuando para o homem.

E tantas fez que, pelo jeito, conseguiu.

Laura já tinha ouvido histórias mais ou menos assim, principalmente nos tempos de colégio.

Ela até chegou a pensar que a amiga talvez só tivesse conseguido adiantar para ela o fim, que mais cedo ou mais tarde viria, que era fora de propósito aquilo terminar bem, mas Laura tinha uma ética muito particular, que em nada se confundia com a moral cotidiana.

A fidelidade era algo negociável, a deslealdade, não.

Além do mais, aquela perversãozinha sádica de Mathias só reforçou o desejo que ela tinha de que tudo aquilo amarelecesse e caísse.

Seu gozo podia ser clandestino, contanto que seu prazer não fosse masoquista.

Laura não tinha vocação para Lol V. Stein, a personagem de Marguerite Duras congelada no instante intraduzível de uma cena.

Saiu de cena, mas saiu "passeando pelo vivo", como dizia sua avó no sonho, ainda que tivesse que se apoiar nas palavras de Paul Ricoeur quando ele previra que nunca saímos saciados desta vida, já que sempre deixamos um banquete para trás.

Um casal de amantes precisa manter um pacto invisível, que sele com alguma transparência o elo possível na raiz do impossível de suas escolhas; o que não aconteceu.

Era inevitável que ela ficasse desolada, pois se havia algo que Laura buscava em Mathias, e parecia ter encontrado, era a alegria.

A sorte da ilusão se iludindo, o sorriso de Monalisa.
Não perdoaria tão cedo a quem contribuiu para acelerar o fim.
Ele viria, a seu tempo.
Não precisava ter sido tão rápido.

15.
Eros

Laura despertou mais cedo que o normal e se concentrou para evocar o sonho da noite.

Fechou de novo os olhos e ficou imóvel, tentando recuperar lascas perdidas em restos noturnos.

Ela andava pelo campus da universidade carregando um livro chamado *Eros*, da Anne Carson, debaixo do braço.

Uma pessoa conhecida virou-se para ela e disse:

— Nossa! Você tem esse livro? Estou procurando ele há tanto tempo!

Laura, então, estendeu o livro:

— Pode ficar.

Depois seguiu pelo campus se perguntando:

— Por que doar meu *Eros* assim tão facilmente?

16.
Corda bamba

Mas talvez tenha sido melhor assim.

Havia um desequilíbrio no ar.

Não dava para juntar uma mulher casada com um homem solteiro, porque as coisas ficavam muito descalibradas.

Ela, começando a ficar com ciúme do que poderia acontecer nas inúmeras saídas dele.

Ele, cada vez mais desconfiado com o que se passava na vida dela, pois, se tinha um relacionamento que durava tanto tempo, não devia ser à toa.

Laura acreditava que seria mais fácil se fosse um homem também casado, alguém que tivesse uma relação suficientemente rotineira com a esposa, e não um ser acessível às multidões.

Poderia dividir um amor. Paixão, nunca.

Tinha vontade de dizer para Mathias que estar aberto ao amor não era a mesma coisa que se colocar em posição de dom-juan diante de toda mulher que aparecia.

Pensou em vão nessas coisas, sem de fato culpar nenhuma das partes pelo que fugia aos seus controles.

Mathias lhe dizia coisas que Laura sabia que ele não poderia cumprir.

Não eram exatamente mentiras, eram verdades do momento, verdades que passavam com as circunstâncias, como quase tudo na vida passa.

17.

Ar rarefeito

As mensagens se tornaram esparsas.

Agora eles já não se chamavam de "meu amor", eles não se chamavam de "coração", nem ao menos de "criatura".

Eles já nem sabiam mais como deviam se chamar. Eles já não se nomeavam mais.

— Ei — começava ele a frase.

Mais um pouco, eles já nem se falavam.

Toda aquela conexão, aquela fome, aquela conversa quase que diária vão desaparecendo aos poucos.

Manoel de Barros os consolaria assim:

Deixe, deixe, meu amor, tudo vai acabar. Numa boa: a gente vai desaparecendo igual quando Carlitos vai desaparecendo no fim de uma estrada... Deixe, deixe, meu amor.

17

[illegible]

As mensagens se tornaram esparsas.

Agora elas já não se chamavam de "meu amor"; elas não se chamavam de "coração", nem sequer de "criatura".

[illegible]

— [illegible]

[illegible]

Toda aquela conexão, [illegible] conversa quase [illegible]

[illegible]

[illegible] Deixe disso, meu amor.

18.
Mãos vazias

Laura recordou-se do sonho dessa noite.

Ela estava numa casa que até parecia a casa em que realmente tinha morado.

Uma tempestade chegara ao final.

Seu quarto guardava pedaços de gelo.

As portas abertas pela força dos ventos.

Um homem queria entrar de qualquer maneira.

Ela subiu correndo umas escadas para fechar as portas.

No caminho, avistou um ex-funcionário, o caseiro.

A escada se parecia com a rampa do aeroporto de Confins, em Belo Horizonte.

O caseiro disse:

— Você devia dar um nome para essa escada, em vez de chamá-la de escada.

E ela respondeu:

— Mas eu gosto de dar às coisas o nome que elas têm. Eu tinha uma amiga que tinha um cachorro que ela chamava de Cachorro e um gato que ela chamava de Gato.

Depois de subir as escadas do aeroporto, ela chegou ao quarto e olhou-se no espelho.

Alguém tinha colocado esparadrapo em seu cabelo.

Ao tirar o esparadrapo, o cabelo saiu também.

Ela ficou com duas faixas calvas na cabeça.

Lembrou-se de que no dia seguinte era Natal.

Como ir daquele jeito ao Natal?

Como chegar à redação assim, tão desfalcada?

Ensaiou um coque com o que sobrou de cabelo, mas não dava para disfarçar o estrago.

Laura acordou.

— Como isso foi acontecer comigo de novo?

19.
Carmim

Se a vida busca intensidade o tempo todo, as coisas perdem o relevo.

Laura, se pudesse, pulava logo essa fase da devastação e habitava o comum.

Esvaziava-se de todo pensamento.

Não teria se doado tanto para não ter que se doer tanto.

Sentia no ventre uma dilaceração que, pelo que tudo indicava, iria durar.

Uma espécie de hemorragiazinha constante, como se um objeto, que já fazia parte de seu corpo, se descolasse aos poucos.

Como se suas paredes internas começassem a sangrar. Era quase uma menstruação.

Não era um sangramento grave, mas contínuo, como aquela chuva fininha que não parava de cair, apagando a poeira dos minérios, afastando o fogo, precipitando reações.

Talvez não tenha sido apenas aquela última conversa franca sobre relacionamentos proibidos, ou a convicção dele de que Laura não se separaria do marido, ou o caso fixo que ele omitia, ou mesmo a entrada maliciosa da amiga, o que pudesse tê-los distanciado.

Talvez ela mesma já não tivesse mais massa muscular para o tanto de risco que acabava correndo, essa ginástica que tinha que fazer para mantê-los em segredo.

O prazer não sobrevive ao peso quando a dúvida de um se sobrepõe à coragem do outro.

Os amores contingentes não têm o fio de aço dos amores necessários.

As estrelas naquele dia estavam pálidas e a lua era vermelha de sangue.

20.

Limiar

Desta vez não era sonho. Laura desceu apressada o elevador do prédio para enfrentar o dia com uma bolsa de memórias difíceis de carregar.

Ainda no limbo entre tudo o que havia sido e já não era mais, entre tudo o que foram um para o outro e não seriam mais, entre a chance de um recomeço e a despedida derradeira.

Arrastava quatro semanas de cuidados familiares, o câncer do pai, a morte de um amigo, as demandas intermináveis, que incluíam as pressões do jornal, o cuidado com os filhos, a insegurança de ter que resolver tudo sozinha com a distância do marido, a dor esporádica no peito ainda sem explicação.

Nem a série policial turca, que antes de dormir tanto a distraía, a salvava agora. Nem a série em que transferia para o ator principal a beleza do seu analista a salvava desse mar de lodo que haviam se tornado essas semanas de alerta 24 horas.

Foi no meio desse caos que ela recebeu de Mathias uma mensagem com uma borboleta saindo do vidro e os dizeres:

Amar sem liberdade não é amar.

Achou aquilo tão fora de hora, mas, como costumava ter simpatia pelo que saía da hora, respondeu apaziguada:

A gente custa a legitimar isso, não é?

Meio sem saber o que, naquele preciso momento, ele chamava de liberdade.

21.

Por uma penca

Depois de algumas semanas nesse mix de ressentimento, aceitação e dúvida, Laura resolveu dar um pouco de bola para o moço bonito que algumas vezes aparecia in box, convidando-a para tomar um vinho.

Não sabe onde estava com a cabeça para falar ao sujeito, a quem ela mal conhecia, que tinha um pouco de medo dele.

Pior foi ter dito que o medo era no "bom sentido".

Aliás, onde já se viu seus dedos irem digitando à revelia dela mesma de forma tão imprudente?

E aonde ela iria chegar?

Numa penca de homens que ela acessaria pontualmente, conforme seus caprichos e desejos?

Por instantes, isso lhe pareceu muito razoável.

Animava-a o poder de fazer isso, e mais do que isso. Esse poder meio masculino, tão comumente masculino.

Não seria a reparação de uma dívida histórica do mundo para com as mulheres?

Ter um marido e vários amantes, porque a gente pode morrer amanhã; porque afeto a gente acumula, e a vida é uma só?

22.
Torre de Babel

Mas logo deixou de lado esse ímpeto, porque a verdade era que a rotina dela tinha se complicado demais desde a chegada de Mathias.

Ela não funcionava racionalmente com ele e, sinceramente, àquela altura do campeonato, era muito trabalhoso não funcionar racionalmente.

Seria questão de aprender a colocar um pouco de limite nessa glutonaria?

Menos voracidade, menos sentimentalidade?

Mas isso não combinava muito com Laura.

Sentir muito as coisas era o seu pior defeito e sua maior qualidade.

Se os apetites entre duas pessoas custavam a coincidir, as coisas andaram coincidindo para aqueles dois, mas a verdade é que, a partir daquele ponto, desejar Mathias iria doer.

A dor é quando você prepara um banquete e o outro só quer um café, ou vice-versa.

A dor é também a de querer fazer durar uma coisa a despeito dos sinais ambíguos que elas emitem.

Uma mulher tem que saber a hora de ser pragmática.

Mathias era daqueles homens que se dão com facilidade, mas têm pouca propensão para ficar.

Só o amor poderia subverter aquela história, levantar do chão a paixão que tinha começo, meio e, pelo visto, fim.

Só o amor e seu poder de começos e recomeços.

Mas o amor é uma construção que demora.

Aquilo estava mais para gozo, pesquisa pessoal, desgosto pelo poder constituído, vontade de serem arrancados de si pelo diverso. Aquilo era outra coisa, ela pensava, tentando se convencer.

Laura se lembrava do dia em que brigaram à noite e, na manhã seguinte, ela ficara vigiando o telefone para ver se ele estava on-line, pois, como ele sumira na véspera, de repente começou a passar por sua cabeça que ele podia ter passado mal, ou até morrido.

Foi um pensamento fúnebre, obsessivo, mas o suficiente para que ela ficasse colada ao telefone, doida por um sinal de vida.

Só faltava essa. Além de perceber que o caso ia por água abaixo, ainda teria que carregar um luto mais sério, sofrer além de suas reservas, participar de uma investigação pelos sinais de sua presença ao redor dele.

Para quem queria sigilo, seria o maior dos escândalos.

Mas, pouco tempo depois, ele apareceu on-line.

Pronto.

Ele estar vivo já era a alegria de que ela precisava para voltar à sua rotina e relativizar o que se passava.

Lembrou ainda o remorso que às vezes sentia quando começava a falar muito de si, dividindo sua vida de forma tão natural com ele, como quem tira a toda hora um coelho da cartola em vez de guardar uma cartinha na manga.

No entanto, logo consentia consigo mesma porque, quando disparava a falar assim, com a ajuda de um vinho, era uma forma de afastar o que nesses momentos parecia ser uma ameaça maior: o silêncio.

A angústia já era o medo do fim.

23.
Desembaraço

— O que eu levo hoje para sua casa? — tinha perguntado a ele da última vez.

— Todo o seu amor, Laura!

E assim ela foi, levando o que não conseguia recusar, essa queima de expansão, em direção a dois incêndios acalmando os corpos.

A vida de quem está vivo nunca é de muita paz.

Depois ficava tentando bordejar as cinzas dessas *alegrias assustadoras,* com restos de palavras.

Depois do encantamento, da euforia, as dissonâncias, o afastamento, a sensação de gastos imensos de energia desviados de um foco, a vontade de voltar para casa, tomar o seu próprio partido, recuperar o foco, deixar de estar a serviço de dois senhores, fugir para o mar, dormir, escrever, talvez sonhar.

Aprender de novo a ser *absolutamente só.*

Buscar a tangente que leva à vida de antes do cipó do drama em que as pessoas se embaraçam e se perdem.

24.

Insurgente

Para Laura, a vida era o que era, inclassificável.

O conceito de bom ou ruim, certo ou errado no domínio dos afetos, muitas vezes, era pouco para o que estava em causa.

Falando assim, parecia fácil.

Não era.

Ela vinha passando por um processo de construção importante, que era o da sua própria liberdade.

Poder estar mais inteira em cada função que exercia, fosse a de mãe, filha, esposa, profissional, amiga, sem tanta divisão.

Porque uma mulher, de tanto se desdobrar, uma hora corre o risco de viver fragmentada.

Além do mais, ser mãe, filha, esposa, profissional eram lugares identitários, uma resposta a papéis, não dava conta da complexidade do que é ser mulher.

Laura queria se libertar inclusive da culpa pelo que sentia e fazia, ou não.

Queria povoar um espaço mais condizente com o que se passava dentro dela.

Um que permitisse a existência dos afetos, sem fazer deles cúmplices de uma servidão.

O que é vital para uma pessoa só cabe a ela saber, porque nenhum corpo é dono de outro corpo, e os relacionamentos, por mais sólidos que sejam, não podem ser maiores que o respeito ao vivo em nós.

Liberdade erguida pedra sobre pedra, expandida, condição, porque sem isso ela não podia viver.

Agora se movia para voltar à trilha desse caminho, ainda que nunca o tivesse deixado totalmente.

Que não lhe viessem com pregações sobre matrimônios, regras, convenções ou receitas de felicidade.

Era preciso se desvencilhar disso também.

Era preciso se libertar, inclusive, desse empuxo ao amante, que, se virava uma espécie de fuga, um chamado à distração de si, perdia a contingência, e o que era especial tornava-se comum.

A questão poderia ser melhor explicada por Jean Allouch:

O amor [...] pode aceitar muito longe suas fraquezas e desvios, pode até admitir seus erros, mas há um ponto em que ele para, um ponto que só se situa pelo ser — quando o ser amado vai longe demais na traição de si mesmo e persevera na enganação de si, o amor não segue mais.

25.
Escola

É preciso fôlego para as coisas que nos movem e comovem, aquelas que nos farão ser quem já éramos, sem que soubéssemos.

Para Laura, o desenvolvimento de todo mundo era uma consequência disso, desses momentos em que somos verdadeiramente tocados por alguma coisa.

E se o amor era uma escola para ela, era justamente porque molestava seu pensamento, exigindo dela acolher, dispensar ou criar alguma coisa a partir dele.

O desequilíbrio que o amor gerava exigia respostas novas.

São poucas as coisas, no fim das contas, que nos atordoam, nos destroem, nos ampliam e a partir das quais nos refazemos.

Coisas que rodam o mecanismo por onde o funcionamento opera, o ser se aprimora, o gozo se equilibra na corda bamba.

Laura não podia se esquecer de que o amante era uma função, não uma desculpa, para existir na polaridade limitante de achar que sua vida se encontrava entre esta ou aquela pessoa.

O problema é que Laura acabava se envolvendo e aí passava a sonhar com uma exclusividade que nem ela tinha para oferecer.

Nesse ponto, nesse duelo entre o que gostaríamos de ser e o que conseguimos ser, estava o paradoxo.

Colocar o outro como objeto privilegiado o tempo todo era impossível, mas não ser colocada nesse lugar, às vezes, era impossível também.

A entrega, quanto mais intensa, mais cobra do outro um lugar.

26. Transposição

O mais curioso é que não era tanto o sexo o que a interessava no amor contingente.

Claro que tinha esse aspecto de um corpo novo, da energia que inaugura (vocês não sentem falta disso?), mas o principal era a interlocução, o sentir-se acompanhada nas ideias, a sintonia, o erotismo que abraçava a vida como um todo.

O sexo, muitas vezes, até costumava ser melhor com o marido, pelo tempo, o conhecimento dos caminhos, o amor renitente, a confiança, a aliança que se perdia e se achava na parceria, a força suave de ser a casa de onde se vai e para onde se volta, pois com ele não precisava se preocupar tanto com o olhar do outro, as variantes narcísicas, e podia apenas ser, um barco que flutua.

Com o marido, era algo além de amar, era a presença de um abraço que os protegia mutuamente, um calor sempre capaz de acolher o outro em seu desamparo, um laço que pairava no centro daquele elo como um nó.

Mas manter o frescor das relações de poucos anos, ou terminando um casamento e começando outro, era uma coisa. Continuar a vida inteira ao lado de uma relação de décadas, era outra.

Isso requeria arranjos que variavam de tempos em tempos, cada um teria de inventá-los sozinho, retificando continuamente, ratificando continuamente, se fosse importante mantê-los em vigor.

Laura e o marido passaram por muitos perrengues, muitas transformações, e, como o amor vem em ondas, tinham suas horas de desamor também.

Em uma fase para lá de crítica, ela tristíssima, ele chegou a dizer:

— Você é uma orquídea linda, Laura. Que eu fui vendo murchar até quase desaparecer. Sei que, em parte, sou responsável por isso. Eu a vejo murchar e, mesmo assim, eu continuo ausente, talvez por acreditar, em algum lugar de mim, que só quando sua vitalidade se apagar eu poderei ter de volta a minha.

E continuou:

— Quanto mais você murcha, mais eu acho, inconscientemente, que posso me recuperar, resgatar minha natureza. Mas agora estou vendo que você não precisa morrer para que eu possa ressuscitar.

Laura, nessa ocasião, permaneceu olhando para ele em silêncio.

Era a paisagem que a olhava fixa nos olhos.

Era preciso transpor essa realidade infranqueável.

Não dava para ficar à espera do resultado de uma análise ou fingir que não ouviu o que ouviu.

A energia que há tanto tempo ela experimentava de forma confusa, naquela fala, virava matéria.

Tudo ganhava sentido naquelas palavras tão surpreendentes quanto literais, mostrando que aquele vazio nada fecundo que a deixava só o tempo inteiro, nos últimos anos, vinha em parte daquele homem bom, que a acolhia com tanta generosidade e, em certos períodos, com tanta ausência e tanta frieza disfarçada de polidez.

— Eu ponho mesmo o vinho lá para nós dois e não tomo nada e saio de fininho para atender uma chamada ou dormir, mas eu sei que você se entristece de beber sozinha, e eu saio, deixando que sua sensibilidade grite, porque eu sei que ela vai gritar, e que talvez uma hora você até se canse.

Ela escutava aquilo e, aos poucos, notou por quanto tempo tinha falado no deserto.

Foi depois, experimentando os efeitos disso, que Laura se levantou e caminhou em direção ao marido, resolvida, depois de vinte anos de casamento, segurou firme as mãos dele e disse:

— Quero me separar de você.

Esse ato, tão impensado quanto seguro de si, tinha vindo de um instinto de sobrevivência tão forte quanto a frase de Clarice: *Eu não estou à altura da vida, mas a minha vida está à altura da vida.*

— Mas você não me ama? — ele perguntou.

Aquilo era tão secundário perto do resto que ela nem respondeu.

Permanecer era desaparecer.

O amor pode não depender da vontade, mas o passo que afirma um desejo, sim.

Que roupa se usa na primeira manhã em que se vai embora?

Para que tanta luz na escuridão?

E o que fazer para dormir sem apagar o lampião?

27.
Late o coração

Dias depois de ter se separado do marido, ainda tentando se reconhecer naquele ninho vazio, Laura produz outro sonho:

Estava de férias perto do mar e pensou que devia voltar para casa.

Foi caminhando a pé, sozinha, sem a bagagem, pela rua.

Então se surpreendeu ao pensar: por que estou voltando a pé, deixando minhas coisas para trás? Por não poder carregá-las?

A rua estava deserta. A hora, errada. Ela, exausta.

Procurou um meio de transporte, não encontrou.

Pensou em obedecer à gravidade e se deitar no chão da rua, feito mendiga.

Imediatamente se repreendeu por pensar assim.

O cenário agora já se parecia com o do centro da cidade.

Voltou não sabia como, para não sabia onde, mas logo avistou conhecidos numa pousada.

Ficou mais segura.

Então se lembrou de que ainda tinha de arrumar a mala e voltar para casa, mas não conseguiu reunir seus pertences, nem as blusas, nem a mala, perdeu inclusive o quarto, que parecia já ocupado por outra pessoa.

De repente, achou as peças espalhadas em outro lugar.

Percebeu que todos estavam prontos para voltar, menos ela.

Estava toda atrasada, e suas roupas continuavam dentro de muitas gavetas.

Acordando do sonho, percebeu que não era hora de voltar para casa. Releu a mensagem que tinha recebido na noite anterior daquele obstinado pretendente:

Nem um jantar, nem um almoço, nem um café? Te espero e esperarei sempre, Laura.

Laura caminhava sobre nuvens, sem muita memória da coreografia dos eventos.

Vagueou pelo dia perfurando a névoa.

O barulho interno de saber que aquilo não poderia ser evitado.

Recuperar a posse de si mesma justamente quando ela se perdia.

Tudo era errante e parecia certo.

A rotina tinha sido mesmo uma ferrugem, como ouvira num filme.

Com que pernas se carrega um mundo totalmente novo?

Com que estômago se sorve o grão duro da inconsciência da noite?

Um corpo quer ser água, entregar-se à gravidade, moldar-se à infinitude.

Um coração bate mais forte.

Bate porque bate.

Era urgente sair daquele redemoinho solitário.

Melhor seria escorregar nos becos lamacentos, redemoinhar aos ventos e desenhar os próprios pés na areia inexplorada, como dizia José Régio, poeta português que nunca ia para onde os outros queriam que ele fosse.

Nada ameaça mais a ordem do que uma mulher que carrega uma cratera no peito, um espírito de onça faminta na floresta e que age sem prever o efeito de seus atos, consciente de que virão.

É o exílio da própria identidade que se atinge quando se ruma ao desconhecido, mas é no desconhecido que Laura teria a chance de alcançar um modo próprio de se estabelecer.

Meses depois, ela perguntaria a esse homem que a esperava havia tanto tempo:

— Você não acha que amar é uma coisa muito cansativa?

E ele teria respondido:

— Se amar você for cansativo, Laura, eu quero morrer exausto.

28.
Paulo

Voltando ao luto de Mathias. E agora?

Que inscrição viria dissolver a saudade causada pela distância?

Que palavra ajudaria a fazer o caminho inverso ao cumulativo desse apego?

Laura tentava se lembrar de como foi se desapaixonar por Paulo.

Uma empreitada que teria demorado mais tempo, não fosse a chegada de Mathias.

Paulo surgira por amigos em comum.

Ele não era um rosto, era uma miragem.

Laura passou a reparar virtualmente naquele moço, quinze anos mais novo que ela, que aparecia na tevê com um charme irresistível.

A conversa foi se estendendo, e a troca entre eles, migrando para o telefone, FaceTime, por onde foram se acompanhando por quase um ano.

Eles moravam em cidades diferentes e sempre tentavam combinar um encontro, que por um motivo ou outro nunca acontecia.

Enquanto isso, eles falavam de música, filmes, roteiros, literatura, alteridades, das estruturas de poder tentando abolir o que não era espelho, de suas inquietudes, do bem-estar social, e de como tudo isso contribuía para a amofinação dos dias.

Em comum, eles tinham uma sensibilidade ao mundo aumentada e a mania de buscar sempre um meio justo para dizer o que queriam dizer.

E como ela ficava impactada com as mensagens dele!

A ponto de, antes de lê-las, ter que se levantar, tomar um banho, fumar um cigarro imaginário, serenar o excesso de exaltação.

Era um despertar engatilhado a todo tempo.

Aos assuntos se misturavam os elogios, a linguagem do afeto se fundia ao prazer das retinas.

Paulo era uma fruição que levava Laura para lugares até então impensados.

Laura, por sua vez, abria caminho para que ele alcançasse as palavras que andavam encobertas.

E assim eles se comunicavam, devagar e docemente.

I wait, darling, I wait. Will you speak low to me, speak love to me and soon?

Teria ela se tornado uma fetichista?

Adorava tudo que era dele, cada signo mínimo de sua presença.

Lembra, corpo, de seu coração aos pulos, da corrente elétrica passando como um raio?

Lembra da sua vontade de falar em voz alta aquele nome, escrevê-lo no boxe embaçado do banheiro, fazer dele uma senha, gritá-lo aos quatro cantos?

E lembra de como era difícil viver tudo isso calada por saber que a matéria daquele contentamento não podia ser alardeada?

Lembra de como você tremia quando, por acaso, via o aviso de que ele estava gravando uma mensagem de voz, as letras que acendiam e apagavam, acendiam e apagavam como vaga-lumes?

A voz de Paulo atravessava Laura de uma maneira feroz.

Novamente, a voz era a sua coisa, seu ponto fraco, sua perdição.

Além disso, Paulo tinha uma inteligência fina, um traço meio melancólico, contrastando com um humor audaz de quem consegue se liberar das prisões de seus dilemas com carisma.

Dizia ficar apavorado diante da impossibilidade de sair de certos lugares fechados ou de ter que esperar por uma saída única para a multiplicidade humana.

Vivia rodeado de gente, mas detestava multidão.

Paulo também considerava uma incógnita muito doida aquela troca entre eles.

Quantos poemas chegaram para Laura sobre um fundo de música clássica, embalados por aquele tom, a um só tempo silvestre e suave!

Ela ouviria cada palavra um milhão de vezes, cada letra querendo morar nela a vida inteira.

Laura e Paulo também eram fiéis ao mistério, como Emily Dickinson propunha, e sabiam que todo resto era perjúrio.

Aquela conversa que nasceu de um modo acidental subvertia a lógica em favor da magia e impunha a espera do contato.

Laura já fantasiava um começo brotando.

Tinha a impressão de que algo importante aconteceria, se é que já não estava acontecendo, ao menos dentro dela.

Um dia ousou falar dele a uma confidente.

Esta diria:

— Prepare as lágrimas.

Laura entendia aquela intuição e até concordava, sem saber exatamente por quê.

— Sei que isso é meio exagerado, mas, sem um pouco de desmedida, a realidade me oprime — Laura dizia, enquanto a amiga dava uma risadinha.

Mas, no íntimo, ela mesma andava intrigada com seu assombro. E se perguntava: por que será que a figura de Paulo a tomava tanto?

Em silêncio, ela tentaria responder:

— Porque eu sou uma menina e já fabulo. Porque ele tem noite. Porque seu brilho ilumina minhas sombras. Porque ele mexe com mecanismos meus que desconheço. Porque sua presença me dá a impressão de não ter sido terminada.

Estava de novo sujeita às suas próprias contradições.

E nada substituía aquele enlevo.

29.
Deslumbramento

No dia em que finalmente marcaram de se encontrar, Laura achou que teria um troço.

Foi Kierkegaard quem disse que a ansiedade era a vertigem da liberdade.

Até ioga ela fez antes de sair. E meditação.

Foi ela quem chegou antes ao restaurante, escolhido por ele. Dez minutos que pareceram muito mais.

Até que ele apareceu, acenando de longe.

Laura se levantou, eles se abraçaram, eles se sentaram.

Eles começaram a pensar juntos o que iriam pedir.

(Aqui ela ainda não conseguia imaginar uma refeição inteira ao lado dele. Lembrava-se de seus encontros com Gael. Durante anos, não comeram absolutamente nada, só tomavam café. Litros de água e altas doses de café. Um amor que nunca se concretizou, mas isso é outra história.)

Laura e Paulo foram até a estante por sugestão do atendente do bistrô para escolher um vinho natural.

E ela, que adorava vinhos, nunca tinha tomado vinho natural.

Não conhecia nenhum daqueles rótulos. Até então, nada ali parecia muito natural.

Eles ficaram lado a lado, eles ficaram bem perto um do outro, enquanto o atendente explicava a diferença entre o vinho biológico e o vinho natural.

No fundo, ela preferiria escolher um vinho normal. Saberia optar com desenvoltura.

Ele parecia saber um pouco mais, mas sua cabeça estava longe para escutar a explicação que lhe era dada.

Ele encostou o braço no dela. Pareceu proposital. Ela sentiu o seu toque enquanto ele se decidia por um vinho indicado pelo dono do lugar.

Eles voltaram para a mesa.

Agora tudo era cena-fulgor.

O vinho era bom, apesar de leve para o gosto de Laura.

Tinham pedido uma terrine de entrada. Não era bem uma terrine. Eram lâminas finas de um presunto tipo cru.

Ela percebeu que ele carregava uma tensão qualquer.

Ela também carregava, ainda mais naquele momento, mas talvez disfarçasse melhor. Foi quase um ano de conversa virtual, e agora estavam frente a frente.

Como era estranho estar ali diante dele sem saber precisar o que ele sentira antes, o que ela sentia agora e sentiria depois.

Enquanto ele respondia a uma pergunta, ela surfava pelo desenho do seu rosto, pelo movimento das mãos, pelo contorno barroco que ele dava às suas frases.

Sentiu vontade de pular essa parte em que as pessoas se explicam e de estar com ele em silêncio, caminhando num parque, no cinema ou num teatro hospitaleiro, assistindo a uma peça qualquer.

Mas isso passou.

Ela sugeriu que pedissem o jantar. Ela temeu ficar tonta com o vinho e falar coisas que não devia, nem num primeiro encontro, nem nunca.

Coisas que às vezes falamos por pura ansiedade, tontice ou vertigem.

Eles falaram sobre sonhos, sobre cifrar os sonhos, eles que sempre fizeram análise. Ele relacionou isso com os cortes de uma cena de novela.

Havia um certo artifício nesse tête-à-tête.

O jantar chegou.

Ela quase queimou a boca dando a primeira garfada.

Ele, ao final, teria gostado de chupar os ossos das costeletas de cordeiro, mas não o fez.

Teria feito se estivesse em casa, sozinho, como todo mundo, ou mesmo no restaurante, se tivesse mais intimidade com ela.

O restaurante fora muito bem escolhido pelo amigo a quem ele tinha pedido uma dica.

Ela viu uma atendente fumando lá fora.

Ficou com vontade de fumar.

Um pouco por vontade, um pouco para se levantar. Um pouco porque podia ser que nada acontecesse entre eles, e ela já estava meio que a se despedir.

O lugar não vendia cigarro. A atendente disse que tinha, mas era só tabaco.

Precisava enrolar.

— Você sabe enrolar?

Laura não sabia.

A atendente se ofereceu para enrolar o tabaco na maior boa vontade.

Havia um aconchego nesse gesto.

Ela já enrolou logo dois, e Laura sorriu agradecida.

Laura convidou Paulo para acompanhá-la enquanto fumava na calçada.

Lá fora, eles ficaram bem de frente um para o outro.

O cigarro fez com que o fogo se alastrasse.

30.
Chão e tulipas

Dentro do restaurante, as cadeiras já estavam em cima das mesas. Os fregueses já se levantavam. Parecia que o bistrô fechava às onze horas. Eles deviam se apressar também.

Eles pagaram a conta.

Ela pegou o telefone e disse que iria pedir um táxi, e nessa hora ele a convidou para tomar outro vinho, em sua casa.

Ela se alegrou por dentro, mas respondeu que melhor não.

— Muita informação para um dia só.

(E era sincera.)

Então ele a convidou para tomar um *last drink* ali por perto.

Ela aceitou, e ele perguntou à garçonete onde teria um bar próximo aberto.

A garçonete indicou um a três quarteirões.

Eles saíram a pé.

Ela, com uma bota de salto, andava pela calçada da Vila Buarque com a agilidade de quem circulava descalça em casa.

Ele passou o braço ao redor dela enquanto caminhavam.

Fazia frio em São Paulo.

Ela também passou o braço ao redor dele.

Havia felicidade.

Eles caminharam como dois namorados.

Fosse isso um filme, Laura voltaria à cena muitas vezes.

(Nesse ponto em que caminhavam juntos rumo ao desconhecido.)

Ele parou de andar, puxou o corpo dela até colar-se ao dele. Eles se encararam, eles se beijaram como se não houvesse mais nada ao redor, como se não fosse noite, como se, abstraídos, não pudessem ser assaltados, como se ele não fosse aquele ator estonteante da novela das oito, como se Laura fosse livre.

E era.

31.
Last drink

Laura pegou Paulo pela mão, para que continuassem andando em direção ao bar.

O ambiente era quente, *underground* e afrodisíaco.

O garçom quis saber onde eles gostariam de se sentar.

Ela se voltou para ele como quem perguntava.

Ele escolheu duas poltroninhas, uma de frente para a outra, sem mesa entre eles.

— Aqui. Sem obstáculo no meio.

(Naquele momento, pareciam ser duas pessoas completamente diferentes.)

Ele pegou na mão dela e ficou assim.

Eles se beijaram na frente de todo mundo, demoradamente.

Ela perguntou:

— Pode beijar assim aqui?

— Você pode me beijar em qualquer lugar, Laura!

Eles pediram um drinque à base de uísque.

Ele, que havia pouco dizia que não podia beber nada muito forte, já que andava tentando frear a bebida para não ficar inconveniente, não morrer de ressaca no dia seguinte, não sair recitando a prévia da novela e acordar no dia seguinte catatônico de tanta fadiga, física e moral.

Ela estava doida para ver Paulo ficar um pouco imoral.

Eles beberam o drinque como se fosse água.

Eles dividiram alguns segredos um com o outro.

Falaram de convites para sair, feitos por pessoas que se interessavam por eles sem que eles estivessem interessados.

Ele disse que, nesse caso, nada de noite, nada de jantar, nada de vinho.

Eles riram dessas bobaginhas.

Ele a chamou novamente para conhecer seu apartamento e, nessa hora, pronunciou o impronunciável.

Havia uma súplica convidativa em sua voz.

Ela passou a mão pelas pernas dele.

O bar era escuro e todo mundo parecia meio bêbado.

Ela seguiu com a mão até quase tocá-lo.

Ele procurou a garçonete para pedir a conta. Eles pagaram a conta rapidamente.

O apartamento era antigo e agradável.

Laura não se recordaria das roupas apressadas saindo de seus corpos logo que eles entraram, mas não esqueceria que ele a pegou pelas costas com uma selvageria boa, um poder crescido ao longo da noite.

O som gemido que ele emitiu ao gozar, a forma exata do seu corpo nu, ela se vestindo toda depois, ele se vestindo menos, os dois indo para a sala, ele colocando música, ele recitando a novela, ele puxando Laura de novo para o sofá, pedindo por favor para que ela arrancasse a roupa para que ele pudesse comê-la outra vez.

A madrugada povoada de todas as artes.

Laura ainda ficaria um tempo deitada no sofá, vestindo só uma camisa dele, ouvindo o *Dueto das flores*, antes de pedir um táxi para voltar ao seu hotel.

Paulo ainda a convidaria a ficar mais.

— Você não quer dormir aqui?

— Já é quase dia, preciso ir embora.

— Tem certeza?

Laura não tinha certeza de nada, mas seus pés lhe diziam que estava na hora.

Eles desceriam juntos quando o táxi dela chegou.

Eles se despediriam como um casal imantado, e ela partiria conversando com o motorista, um senhor bastante idoso para estar trabalhando àquela hora, na madrugada comprida.

Laura chegaria ao hotel e logo perceberia que tinha esquecido seus óculos na casa dele.

Freud não precisava explicar.

32.

Restos de noite ou o drama

No dia seguinte, Laura não conseguiria fazer nada a não ser acomodar na mente as cinzas da noite.

Ele mandaria uma mensagem ao acordar e ficaria também, como chegou a dizer, catatônico o dia todo.

Laura ainda teria mais um dia na cidade.

Paulo estava com uma dor de cabeça acachapante, além disso gravaria um episódio de uma série em que estava atuando e não sabia se aguentaria sair à noite, mas, ainda assim, disse que ela estava convidada a ir à casa dele se quisesse.

Cerimoniosa, ela respondeu que, se ele preferisse descansar, por ela tudo bem.

Disse da boca para fora, porque no fundo era outra coisa.

No fundo, o que ela queria mesmo era que ele a quisesse muito, com urgência, e o dissesse.

Laura foi para uma reunião de trabalho pela manhã e, entre várias exposições que tinha programado para visitar à tarde, resolveu esquecê-las e aquecer o corpo no sol de uma minúscula área externa do seu hotel, levando vários livros que sempre carregava nas viagens, porque nunca sabia o que gostaria de ler.

Tentou se concentrar em um dos livros, mas sem os óculos se pegou devaneando sobre Paulo, de quem o pensamento não se afastava nem uma palha.

Enfim, à tardinha, decidiu ir ao lançamento do livro de uma poeta que ela admirava, na livraria do Copan.

Era um lugar encantador, assim como todo o entorno.

Quando já estava menos refém de um chamado de Paulo, verificou que ele tinha mandado uma mensagem.

Ele usaria o termo "meio derrotado" para descrever o estado em que estava, junto à dor de cabeça e ao cansaço.

"Meio derrotado" era uma expressão que ela não conseguia muito bem assimilar, muito menos deixar para lá, mas tentou não dar muita importância ao fato de ele não propor nada naquele que seria o último dia dela por lá, antes viajar de volta para a casa.

Tentou despistar para si mesma, mas uma dorzinha, não localizada, fruto do sentido que imagina que se passa no coração do homem, era sinal de que todo esforço não a impedia de sentir-se um pouquinho abandonada.

Sabia que sustentava um pensamentozinho tolo, que fora tomada por um romantismo adolescente, mas não conseguiu evitar.

Agora ela tinha dado para usar esse diminutivo eufemístico inoportuno, como se existisse de fato tristezazinha, dorzinha ou devastaçãozinha...

Perguntou por mensagem o endereço dele, no intuito de pedir um motoboy para buscar seus óculos.

Ele enviou o endereço, mas pediu para ela ligar.

Ela ligou. Ele não atendeu.

Ele ligou de volta. Ela não escutou.

(Naquela hora, tinha encontrado conhecidos na livraria.)

Tempos depois, ele ligou de novo e ela atendeu.

Quis saber se ela não queria passar lá e pegar os óculos, já que morava perto de onde ela estava, e assim pelo menos a veria e se despediriam antes de ela partir.

Laura diz então que vai chamar um táxi, mas antes resolve levar algo para ele, que está com dor de cabeça, ou gripado, ou desanimado, ou dando uma desculpa para interromper o que nem havia começado.

Passou no banheiro para retocar a maquiagem, mas verificou que não tinha levado nem um batom.

Foi assim mesmo, com cara de mãe natureza, como diria sua amiga Juju.

Comprou dois pães de queijo para ele, uma garrafa de água para ela, apesar de descartável só ter com gás.

Esqueceu que a água era com gás e, quando abriu a garrafa no táxi, saiu água para todo lado.

Molhou o banco todo do carro, mas pelo menos teve a sorte de não se molhar muito.

Colocou os pães de queijo dentro da sacolinha do café da livraria, e chegou.

Ele estava sentado na cadeira do porteiro e parecia mesmo meio derrotado.

Ele a convidou para subir, pediu desculpas por estar assim. Ela até poderia subir e dispensar o táxi para conversarem um pouco, mas nessa hora ela se deu conta de que estava tão apaixonada por aquele homem que não admitia a hipótese de ser convidada por educação.

Não queria também ocupar o lugar de uma mamãezinha gentil, compreensiva e cuidadora, quando na verdade estava com um pouquinho de dor de cotovelo, com ou sem razão, mas o nome daquilo não vinha de *páthos* à toa.

Ney Matogrosso a entenderia muito bem, afinal foi ele quem disse:

Paixão, já tive três na vida toda, mas eu não gosto. Paixão me deixa desorientado, completamente inseguro.

Tudo o que eu não gosto de ser a paixão me faz. [...] é claro que eu não tenho controle sobre isso, mas se você me perguntar agora, eu te digo assim: não pretendo me apaixonar, não me sinto disponível para isso. Sei que não tenho controle. Sei que pode acontecer, mas, se depender de mim, eu não quero nunca mais... me apaixonar.

Laura também não queria, se pudesse escolher, e torcia para que essa intensidade a deixasse o quanto antes. O ser apaixonado se sente amparado na mesma medida em que se sente atrapalhado.

Ele perguntou se ela queria ir a pé com ele na esquina, aonde ele iria buscar um sanduíche, ela viu o táxi ali parado, olhando e esperando por ela, e escolheu despedir-se de Paulo meio orgulhosa, meio dramática, como quem diz: "Antes que você não me queira, eu me vou."

Ele perguntou quando ela voltaria.

— Um dia — ela disse, com arzinho infantil.

Ele repetiu:

— Um dia?

Ela percebeu em tempo o ridículo do próprio drama e sorriu, dizendo que ele podia ir à cidade dela também.

Entrou no carro.

Que a atração fosse recíproca não significava que era simétrica.

33.

Desce a cortina

Ela chegou ao hotel.

Era sábado à noite.

Pensou em chamar alguns amigos que tinha em São Paulo para sair, mas desistiu.

Laura não era de despistar a coerência de seus estados de espírito.

Estava mais para jantar consigo mesma e, talvez, ler algum livro no restaurante antigo ao lado do hotel.

Sentou-se à mesa, pediu a carta de vinhos e já ensaiava pedir um bem especial, para compensar o desencontro, mas o garçom foi logo avisando:

— Meia garrafa, para uma pessoa, só tem dois tipos. Esses aqui.

Meia garrafa? Laura escutou, aturdida.

(Meia garrafa para uma pessoa, quem estipulou isso, gente? O máximo que poderia acontecer era sobrar um pouco e aí ela carregaria para o quarto, onde, até dormir, certamente, não sobraria nada, mas ela ficou refém da fala do garçom e, com receio de parecer sem limite, em vez de pedir um bom vinho inteiro, escolheu um dos dois.)

O vinho era pavoroso, mesmo assim ela tomou até o final.

O jantar, por sua vez, não compensava a lacuna, mas reparava alguma coisa.

Lembrou-se de que tinha na bolsa o outro cigarro que a garçonete da primeira noite lhe havia dado.

Sentou-se na varanda do restaurante antigo e fumou.

Um piano tocava uma canção de Billie Holiday ao fundo. Ela reconheceu a música.

O garçom se aproximou e perguntou se ela aceitava um café.

Ela respondeu que aceitava, mais pela gentileza dele que pela vontade do café.

E o piano continuava:

Love is a spark... lost in the dark... too soon... too soon [...]
The curtains descend, everything ends too soon, too soon.

34.
Tauromaquia

Essa mania de enfrentar o que é vivo como um touro, confrontar o que interpela.

Essa violência de se lançar onde sabe que se morre, aliada à confiança de saber que se nasce tantas vezes, mesmo que demore.

Essa capacidade de fabricar um amor quando a vida parece real demais para os seus ouvidos.

Essa necessidade cíclica de ser cientista de si mesma e arder na aurora da descoberta.

Como um mar furioso assolando os véus da tarde, o indizível se impunha a Laura como algo que insistia em voltar sempre ao mesmo lugar.

Mergulhar de cabeça nos incidentes da vida tinha consequências.

Por muito tempo, Laura bancou essas consequências e encarava o destemor como progresso, mas agora, depois de Mathias, duvidava disso.

O caminho da liberdade não podia significar ser escrava das afeições.

Aquele mesmo psicanalista francês, escandindo a palavra "sentimento", *le senti-ment,* mostrava à sua comunidade que o sentir mentia.

É certo que, com uma isca de falsidade, podemos fisgar uma carpa de verdade, como diria Shakespeare, mas Laura realmente queria aprender a dizer mais "nãos" para suas vontades.

Transfigurar a vida, blindar o coração.

Porque, como diria Francis Bacon, toda *plenitude parece grávida de uma dilaceração.*

Além do mais, essa história de submergir nas ondas turbulentas do desejo era também uma forma de arriscar um pouco a identidade.

Tinha sido um período de muita dispersão.

Ela, literalmente, tinha colocado a mão no fogo e não foi à toa que passou o réveillon com as mãos em carne viva, ao ter, literalmente, se queimado coando café.

Aprendeu a vida toda que coragem era pôr o corpo nas coisas, mas atualmente desconfiava que coragem era tirar o corpo fora.

Era hora de migrar do prazer para a satisfação, esta que nunca veio de ninguém, mas de alguma coisa que só se constrói estando só.

Recusou o convite de uma pessoa muito interessante que se aproximou dela, mas que com o tempo poderia encantá-la.

Agiu assim no intuito de não repetir esse mesmo funcionamento e frear seu lado indômito.

Conseguiria? Até quando?

Ou será que a paixão só é feliz onde dorme a lei?

35.
Paradeiro

Passou a andar numa santidade de dar dó.

Recordava o final de um poema:

Apesar do tufão, agora é como se sorrisse por dentro, com entusiasmo, mas sem alarde.

Até que lhe batam à porta, até que lhe voltem a retumbar no imo os empuxos do mundo.

Tudo indicava que Laura tinha chegado a um certo limite.

Porque se, por um lado, essa paixão ao amor era um prazer imenso, uma espécie de solução, se servia para arrancá-la dos absurdos da existência (como essa maldita guerra entre Israel e Palestina, que a deixava cada vez mais deprimida), por outro, se tornara extenuante.

Se o que difere uma pessoa da outra são as pedras que lhes concernem e que elas encontram no meio do caminho, como bem disse Drummond, por outro lado, essas pedras, esses objetos que intrigam e brilham além da conta, de perto, se abrem e tornam-se um precipício.

Voltar a fechar esse abismo era tarefa do poeta e não dos viveres mundanos.

Em algum momento seria necessário deixar as histórias de lado, reter o que restava vivo quando elas se fossem, e inscrevê-las em outro lugar.

Anestesiar-se no outro pode ser um bálsamo, mas também uma forma de aniquilamento, um comodismo, um adiamento do que cada um, singularmente, tem a realizar.

Era preciso encontrar meios para não cair na armadilha desse arranjo precário.

A condição era deixar que o homem lhe escorresse das mãos.

Dessas fogueiras, melhor uma hora se esquivar, desviar o olhar, se ela não quisesse incinerar-se.

Era preciso preservar a nuance do que não se retém; um objeto de desejo sempre nos escapa, e a luz dele, aprisionada, não poderia se expandir.

Não dava para viver como uma abelha naquele frenesi todo, repetindo os mesmos gestos ao redor do mel, ou em busca do alimento que lhe suprisse a fome e o vazio.

Demorou um percurso para viver na pele a certeza de que seu vazio não seria tamponado, quando muito contornado, o que já era um avanço.

E, sobre o buraco metafísico da economia de seu ser, construiu uma redinha, ainda que vazada, para que pudesse ver o sol.

Afinal, as telas protetoras não precisam ser um muro.

Mas como Laura não conseguia raciocinar sem incluir o contraditório em suas formulações, muito menos se afirmar sem, de tempos em tempos, retificar sua expressão, então ela recorreria às questões de Edgar Morin para traduzir o que para ela um dia se colocara:

Prudência, sim, mas isso não significa esterilizar nossas vidas, evitar riscos a qualquer custo?

Temperança, sim, mas será mesmo necessário evitar a experiência da "consumação" e do êxtase?

Desprendimento, sim, mas será mesmo necessário renunciar aos laços de amizade e amor?

36.

Jorge

— Alô! Jorge? É Laura.

— Eu sei que é você, Laura!

— Você sabe?

— Sei.

— É que tem vinte e cinco anos que a gente não se fala!

— Pois é, Laura, onde foi que nós paramos?

— Naquela conversa sobre *cream crackers* e requeijão? — ela arriscou.

— Laura... Você se lembra disso?

— Claro, Jorge! Você se lembra?

— Sim... Eu te chamando para conversarmos... Já estávamos namorando outras pessoas e você disse que nem pensar. Eu tentei te convencer, dizendo que era encontro de amigos, sem álcool, sem música. Eu prepararia tudo com o que houvesse de mais morno e deserotizado possível, um lugar sem charme, um *cream cracker* com requeijão, um suquinho de maracujá, daqueles que já vinham adoçados, lembra? Você riu dessa imagem e foi me ajudando a compor o pior cenário...

— Era um truque infalível, hein, Jorge? Nenhum ímpeto indomado poderia invadir a aura imaculada do nosso encontro com essa sua ideia!

— Não é, Laura? E você me pouparia do rímel que torna altivo seu olhar e de todo assunto inteligente. Falaríamos as maiores banalidades e, ao final, você teria a certeza da minha falta de graça, e eu voltaria para a minha vida apaziguado, ao te perceber uma entre outras, uma mulher qualquer.

— É, Jorge... era uma defesa magnífica.

— Pois é, Laura. Teria acabado de vez com esse sentimento que carrego há anos, esse orgulho infantil de ter te namorado um dia, essa coisa quase doída que é ler você ocasionalmente no jornal e depois de tantos anos ter tido esse impulso incontrolável de te mandar aquela mensagem ontem, pedindo para você me ligar, mas louco para você não estar on-line, para que a mensagem chegasse inteira, ou quase.

— Sim, Jorge... teria acabado também com a minha vontade de sair na rua e encontrar você por acaso, na esquina de um café, para que eu tivesse a chance de saber como você conduziu sua vida, seus desejos, seus dilemas... Jorge, que mensagem a sua ontem! Fiquei emocionada! Confesso também que um dia, ao devanear que te encontrava na entrada do cinema, presa no trânsito durante uma música, indo do trabalho para casa, eu pensei: que coisa mais chata é essa de ter que viver apartada de umas pessoas que a gente gosta, e que poderiam estar sempre por perto, não fosse tanto ciúme rondando as relações.

— É, Laura, a gente renuncia a muita coisa, né?

— Não tem jeito, né, Jorge? — Laura respondeu, ainda se perguntando.

O telefone de Jorge tocou. Ele pediu que Laura o esperasse atender. Era a mulher do ex-namorado na linha, perguntando se ele iria buscar os filhos em algum lugar.

— Oi, Laura, desculpa. Onde é que nós paramos? Já sei, Laura... eu ia te fazer uma pergunta, mas aí recuei, mas agora ela voltou: você é feliz?

— Ué, Jorge. Sou. Uns dias feliz, outros nem tanto, outros muito infeliz, depois feliz de novo...

— Acaba que é assim mesmo, né, Laura? Felicidade é uma coisa muito volátil. Mas confesso que eu tinha medo de você não ser feliz.

— É, Jorge? E por que eu não seria?

— Não sei... vai ver era projetivo. Vai ver que era eu que tinha medo de não ser feliz no casamento ou não continuar sendo, com o tempo...

O telefone do Jorge tocou de novo. Ele atendeu, ele se desculpou, ele voltou.

— Tudo bem, Jorge... esqueci onde estávamos...

— Paramos vinte e cinco anos atrás, Laura, antes de eu ler esse texto no jornal e deixar aquele recado. Laura, que texto é esse? Só tinha uma página, mas cabia uma vida inteira ali. Me fez refletir sobre um momento muito crucial, um tempo de escolhas tão difíceis. E eu pegava o jornal, ainda assino jornal de papel nos fins de semana, e lia, relia, duzentas vezes, o que você escreveu, tentando recuperar alguma coisa que eu perdi, mas, por mais que tentasse, seu texto me escapava, ao mesmo tempo que me alegrava.

O telefone de Jorge tocou de novo. Dessa vez, ele não atendeu. Foi Laura quem disse:

— Vamos desligar, né, Jorge?

— É, Laura... Parece que adivinha, né?

— É...

— Mas, ô Laura. Posso te fazer um pedido?

— Fala, Jorge.

— Vamos combinar uma coisa?

— Depende, Jorge. O quê?

— Uma coisa que a gente merece.

— Humm... — Laura ouvia com um pouco de medo da proposta.

— Vamos ver se a gente conversa... por telefone... pelo menos uma vez por ano?

Laura acha graça na proposta, que, no fundo, sabia que nunca iria ser para valer.

— É... é justo, Jorge. É muito justo isso...

Aqui a vida se pareceu com o título de um livro que marcara a adolescência de Laura. Era uma peça do Millôr Fernandes, feita especialmente para a Fernanda Montenegro. Chamava-se *É...*

37.

Raspas e restos

Depois desse telefonema inusitado, Laura se recordava de que tinha dito que se lembraria de como tinha esquecido Paulo.

Tinha esquecido Paulo?

Tinha esquecido Mathias?

Tinha esquecido Jorge?

Tinha esquecido Gael?

Talvez sim, talvez não. Talvez sim e não.

Algumas coisas vividas se recusam a cair no esquecimento, mas remodelam a forma como ficam na memória.

— Laura, acabei de rever o filme *Todas as manhãs do mundo,* do Domingos Oliveira, e tem uma passagem que eu queria muito dividir com você.

Paulo então aumentou o som da pavana que tocava ao fundo e prosseguiu quase em câmera lenta, palavra por palavra:

— *Dê... o seu próximo... e melhor amor, em ternura... porque ninguém passa pelo mesmo rio duas vezes.* Não é maravilhoso, Laura?

Laura já tinha visto o filme várias vezes. Era fã do Paulo José. Era meio Leila Diniz.

Essa possibilidade de dividir a beleza do mundo com Paulo se assemelhava àquela passagem de *O livro dos abraços*, do Eduardo Galeano, quando ele conta do menino que vai conhecer o mar pela primeira vez e, diante de tanta imensidão, pede ao pai:

— Me ajuda a olhar?

Em outros momentos, era ela que vinha com suas *Asas do desejo.*

— Paulo, passando aqui para te relembrar essa passagem do Wim Wenders:

Aconteceu uma vez e continuará acontecendo. [...] O total espanto causado por nós dois fez de mim um ser humano. Agora sei o que nenhum anjo sabe.

Laura, naquele dia, sentiu essa afinidade entre eles com uma certa nostalgia.

Mas o que nos derruba na angústia não é o mesmo que nos põe de pé?

Do peso, o passo, a pressa para construir uma casinha (Manuel de Barros diria "ruína") para a palavra "amor".

Como dizia uma amiga, a vida inteira dura três dias. Enquanto ficamos presos ao passado, já se passaram dois.

Mas o que resta de um amor quando ele acaba?

O que resta de uma história quando cai antes mesmo que comece?

Um amor acaba?

Juan Gelman perguntaria: *Amor que serena, termina?*

Ou começa na epiderme da folha?

O amor se refaz nos escritos?

Amar é buscar a poesia perdida?

Mas por onde andava a poesia?

Laura desconfiava que a poesia nem sempre estava nos livros de poesia ou junto às belas palavras.

Bem-dizer não era o mesmo que dizer bem, falar bonito, como uma encantadora de serpentes.

Bem-dizer era tentar exprimir o lado obscuro do que nos deixou sem palavras.

A poesia para ela era isso.

Como diria Octavio Paz, a poesia estava na ruína de todo absoluto, na *edificação cozida pelo detrito dos escombros, no voo desatado da angústia e das agruras, da paixão e do tédio, mundanos.*

Para Laura, a poesia estava no que caía e era colhido pelas mãos, mais do que nos triunfalismos.

A poesia estava na insurgência contra as formas opressivas de pensar o humano, longe das narrativas feitas para convencer, na reescrita da moral humana, nas palavras que dizem as coisas mais próximas do que elas são, na prosa, no canto, nas fontes primitivas do que causa nosso ânimo, no que se apreende de cor, amando, no que funciona, no que interage, no que de mais particular desabrocha o geral, nos sonhos que sonhamos, dormindo ou acordados, na vida, reiterada, no ruído do mar saído das conchas retorcidas, quando acopladas aos ouvidos, no silêncio que fala, na nossa autêntica impressão sobre as coisas, no que não se perde no vácuo, no que só ressoa porque um dia esvaziou, no ato de ouvir o outro além de si mesmo, na união do que a princípio não se poderia reunir, mas também na indignação, no sotaque de cada um, no que se inscreve daquilo que não cessa de não se inscrever, no esforço em ler o estranho que nos habita, na fantasia que emoldura nossa relação com o que nos escapa, no caminho do fluxo, na captura do tênue, nas linhas tortas, na força que se tira da fraqueza, no lado desarmado das pessoas, na procura da parte sempre perdida de nós mesmos, no revirar da terra em busca de novos princípios, no impulso criador, nos sóis por vir, nas vinculações magnéticas, no que emana de um alvo que cintila, no céu estrelado, nas bordas do mar, na orla dos sentidos, na composição de um livro, à margem da língua, nas maneiras novas de lidar com o mesmo, no que só existe porque foi notado, mas também naquilo que, fazendo-se, deixa de ser, como nos momentos em que o coração, podendo se soltar dos objetos pela graça da expressão, bate livre outra vez.

38.
Parapeitos

E nesse trabalho de leitura, artesania nas trilhas de corações e de pedras, ela se pegava pensando: ainda tem gente que acha normal entregar todo o seu erotismo por séculos a uma única pessoa? Uma parte de si não seria suficiente? Não é uma traição ao outro dar a ele mais do que se estava disposto? Uma violência cultural aprendida e propagada?

Laura não acreditava nem em relacionamento aberto, no sentido de dividir tudo de si com alguém, como se a vida fosse uma casa sem divisórias, e muito menos em coração fechado, o que para ela era a morte.

— Não tem coisas que, por direito, não se contam nem ao rei, nem à rainha, nem ao papa?

Ela vivia escutando uma parte dessa frase do rei, da rainha e do papa quando era criança.

A frase começava assim:

Da morte ninguém escapa, nem o rei, nem a rainha, nem o papa.

Mas para quê toda essa digressão agora?

Por que se valia desses três personagens para garantir o direito ao silêncio, ao jardim secreto das pessoas, ou para garantir o contrário, o direito de dizer, que, principalmente às mulheres, foi negado por tanto tempo?

Pobres mulheres! Para onde ia tudo o que a sociedade e a consciência reprimiam?

Seria o matrimônio uma anomalia, ou a hospitalidade calorosa, na qual enfim repousavam mais tranquilamente os corpos?

Poderia se pensá-lo como um esteio, um parapeito, uma espécie de barreira aos chamados intransigentes de gozo que nos chacoalham?

Todas as vezes que Laura se aprofundou numa tristeza muito intensa, fruto desses chamados intransigentes, foi porque de alguma forma essa tristeza foi proporcional à alegria que a precedeu.

Ainda se via presa nesse circuito que ia do êxtase à devastação e seus avatares.

Que ilimitado é esse que se põe sempre a sonhar com uma outra silhueta?

Ser livre, na medida do impossível, aberta à vida, onde quer que ela esteja. O mundo. E o submundo.

Porque, sem mundo, o submundo perderia a razão de existir, e sem submundo, talvez se tornasse vão o universo.

Laura se enredava nesse novelo intrincado, para saber por onde poderia se desenredar.

Quem sabe o amor, no fim das contas, ainda seja outra coisa?

Quem sabe o amor, como dizia Bukowski, seja tudo que nós dissemos que não era?

39.
O intraduzível

Paulatinamente, Laura foi montando seu quebra-cabeça, enquanto uma outra língua, sorrateira, soprava de fora os encaixes para ela.

Sonhou que um amigo comprara a casa em que um dia ela havia morado com a família.

Ela foi visitar o amigo e entrou na casa depois de muitos anos.

Laura sempre amou aquele lugar. Ela o construiu em cada detalhe.

Ao entrar, ela constatou que estava tudo lá, a estrutura toda, intacta.

O chão de peroba-do-campo, a pequena lareira, a estante de livros rodeando a parede da sala, o sofá verde de veludo, o pomar e até o cachorro.

Laura fica perplexa ao perceber que tanta coisa tinha sido preservada.

Então o celular dela tocou.

Ela viu quem chamava.

Avistou o nome de uma cantora/performer mineira chamada Sara Não Tem Nome.

Laura acordou.

No imperativo, o verbo chegou, como uma palavra nova:

— Sara, Laura!

Isso que nos pertence e nunca cabe na ordem das cidades, e refreamos em nome da construção social, isso que rechaçamos na mesma medida em que nos atrai, e que parece ser a nossa loucura, mas que não passa de nós mesmos; isso não tem nome.

Se o incurável pode ter suas virtudes, uma delas poderia ser a de criar os nomes disso.

40.

Giro do discurso

Laura agora queria sentir o perfume do mar, a leveza das pedras, o espanto dos céus e a cor do silêncio.

Queria trocar a ordem linear das frases, girar um pouco o discurso, deixar que as mãos se tornassem o cavalo que trota.

Sair do rame-rame das gentes, esse oceano de ruídos, vaidades, notícias de jornal.

Sair dessa astenia da linguagem de informar, comunicar, comparar, opinar, convencer e seduzir.

Desse mato não saía coelho.

Ainda que nem tudo pudesse ser elucidado, era hora de penetrar esse mar obscuro de grafias por vir.

Um amor dificilmente nasceria para ela sem a companhia de palavras de amor, mas cada um, mesmo diante do outro, goza mais sozinho do próprio corpo, em suas fantasias, que do corpo do outro, tendo a solidão como parceira.

Reconquistar, portanto, a solidão.

Recolher devagar o que restou da voz e perceber que, aos poucos, a língua acolherá as coisas em seus lugares.

A poesia arruinará o sentido comum das palavras. Ela não está nem aí para o seu desânimo ou para o meu cansaço.

Reduzidos a quase nada, mediremos o pulso.

O pulso ainda pulsa.

Disso saberá o vivo, estranho ao mundo, assim como do vento saberá o balanço das árvores, e do que resiste a céu aberto saberão os monumentos talhados na pedra.

Para qual amorosidade tenderemos, quando cifrarmos o casulo do silêncio?

Colada às telas e às migalhas que a levavam, Laura desvanecia.

O amor roubou suas melhores horas de literatura.

— Altas! Peço altas — ela se dizia. De você e de mim, das rivalidades que levam à guerra, do mau-olhado do mundo, desse saber de vida e morte. De te achar e me perder e não me perceber fora do caos.

Um dia, passeando pela rua, ela viu uma árvore imensa caída no chão.

Parecia ter sido arrancada do canteiro por força da tempestade.

Com ela, um quadrado de cimento solto, extirpado da terra.

A força da natureza.

O percalço que balança as estruturas e desenraíza o tronco também libera alguma coisa.

Semente. Muito mais que raízes, como diria Adélia Prado.

Por incrível que pareça, a árvore caída, diferentemente de uma árvore cortada, gerava alívio.

Vinícius já cantava:

Nada renasce antes que se acabe.

O sol que desponta tem que anoitecer.

Alguém perguntou:

— Mas, Laura, o que você queria?

— Queria estar mais só, para ouvir o livro. Queria a natureza que já tenho perto de mim. Recusar convites com antecipação e proclamar eventos de última hora. Respeitar o tempo, o sol e o vento. Em fins de semana aonde ir. Não ir. Queria ficar. Na quina do mundo, respirando fundo, movendo olho e mão, escrevendo a teimosia. Queria ler em voz alta para o eco reverberar. Tomar cafés mil, com bolo quente, no meio da tarde e sem engordar. Queria aquele retorno que ninguém pode dar.

Ela queria tanta coisa...

Mas, no fundo, o que queria mesmo era o impossível que resistia passar ao escrito.

E que os encontros não fossem meramente imaginários, mesmo que fossem reais.

41.
Colchetes

Não foram *tempos mortos*.

A imagem da lua sobre um céu de nuvem rodando em torno deles.

A grama onde Laura e Mathias se estenderam, quentes, no silêncio da madrugada fria.

Os pés arriscando sorver a umidade da floresta.

Os dois subindo a trilha que levava ao alto de uma paisagem que não se via.

Incandescentes ao som das sementes.

Depois de tudo, o cume do afeto derramando feito o leite fervido da infância.

O vinho virando água.

A ameixa madura caindo do pé.

A memória do latido insone.

Mão estendida segurando o ar, feito estátua.

Ele dançando outros carnavais.

Ela vendo navios.

Depois de um tempo, Laura pôs as mãos no bolso e foi-se embora outra vez, bradando de cor aquela quietude que nenhum Deus lhe deu.

Deixe, deixe, meu amor!

Deixe agora entrar o ar da bruma.

Abril ainda não se abriu.

Lá fora, o mundo tagarela das notícias.

As redes sociais que não dormem.

A sexualidade feminina, apesar dos discursos libertários, continua gerando opositores.

Muitos insistem em legislar sobre corpos que não lhes pertencem.

Não seria a acídia o que deveria ofender os deuses?

As convicções andam cada vez mais arraigadas e os bárbaros estão sempre voltando.

A maioria ainda acredita na propriedade privada das pessoas e das palavras.

E a massa amorosa continua subjugando a alegria dos corpos, enquanto busca legenda para sua língua estrangeira.

42.

Gael

Aqui quem fala é o tempo.

Antigamente, Laura caminhava com Gael, saindo de um café.

Tomaram café por muitos anos e ficavam horas conversando, embebidos na mina um do outro, na ressonância clandestina daquela amizade amorosa, e que depois viraria nada, mas que nem por isso por outra coisa trocariam.

— Quem sou você, que me responde do outro lado de mim?

Esses cafés eram a prova ontológica da existência de Deus, como Gael costumava dizer, apesar de ser ateu.

Porque a existência não tem sentido, *a priori*, mas tem momentos divinos.

E o que não se pode abandonar a vida carrega sem argumento.

Gael, além de professor, era poeta, apesar de nunca ter assumido isso. Tinha escrito belíssimas cartas de amor para Laura.

Cartas que foram um tesouro guardado a sete chaves durante anos, mas também uma pólvora que muito lhe queimou as mãos.

Relê-las era deixar que as reverberações dele, impregnadas nela, voltassem.

Relê-las era não estar completamente sozinha.

No passado, eles andavam pelo centro da cidade como dois *flâneurs*, quando passaram por uma cafeteria que estava prestes a abrir.

O dono do lugar os convidou para entrar e lá ficou, especificando os produtos que seriam vendidos, os inúmeros chás. A tarde passava lentamente.

Gael, com palavras quase ingênuas, pressagiou:

— Eu e Laura não vamos sair daqui. Ela adora chá.

Apesar das marcas que as cartas de Gael deixaram, do que Laura nunca se esqueceu foi desse momento em que ele relata ao sujeito desconhecido que ela adorava chá.

Aquela declaração tão sem ornamento e tão próxima, naquele momento tão perfeito, fazia com que o mundo dela voltasse a ser sutil.

Por pequenos intervalos, com Gael, a vida se dava como dom, como existência plena, obra de arte, eternidade.

Ela se lembrava também do dia em que gargalharam juntos e ele, olhando para ela com toda melancolia do mundo, disse:

— Eu queria ser um palhaço para te fazer rir assim, toda hora.

A erudição de Gael foi o que provavelmente atraiu Laura, esse fascínio por gente inteligente ela sempre teve, mas a entonação das palavras dele, as mais espontâneas, carregadas daquele afeto gratuito e censurado, daquela disponibilidade curiosa, que fazia parar o tempo veloz, que a tirava da lógica da eficiência que tomava conta de tudo, talvez tenha feito com que Laura, além de jornalista, quisesse um dia ser poeta.

Porque tanta beleza colhida do mundo e lapidada não cabia guardar dentro dela.

A relação deles era mais ou menos assim: eu conquisto você, mas, conquistando você, eu assimilo seus deuses e assim crio as bases sociais, culturais, políticas e intuitivas para construir meu universo.

Gael nunca poderia saber que Laura adorava chá, a não ser pela cena do filme de um cineasta chinês que ela mencionou no primeiro dia em que se conheceram.

Até porque, juntos, eles só tomavam café, um depois do outro, litros de água, litros de café, adiando a hora de irem embora.

O amor, como a vida e a poesia, era a pura cortesia de adiar o fim.

Ainda que carregassem com eles o fim desde o começo.

Tem palavras que são coisas e por isso podemos pegá-las nas mãos, guardá-las nas gavetas ou livrá-las em livros.

Tem palavras que ficam.

43.
Outridade

Desde criança, nunca foi a dimensão normativa da razão, o conhecimento sobre as coisas, o que Laura achava importante no que lhe transmitiam.

Aliás, desde nova, ela sentia um profundo enfado por tudo que se apossava da razão.

Gostava mais do que iluminava as sombras, perseguia opacidades, daquilo que reverberava para que um outro ser pudesse atingir uma espécie de "outridade", uma espécie de futuro.

— Gael, para que ter mais do que essa amizade? Não foi Santo Agostinho quem disse que a felicidade é continuar a desejar o que já temos?

— Não sei, Laura, mas é que me assusto quando me pego querendo ler em primeira mão as suas inspirações e, mais ainda, quando quero ser a primeira pessoa a te dizer bom-dia.

Então um dia ele disse:

— Quero que você saiba uma coisa.

Livres... podemos ser... até... um do outro.

Mas ela ouviu:

— Livres podemos ser até um do outro.

E foram.

Mudaram o rumo da prosa antes que caminhassem para onde queriam.

Eles sabiam do que eram capazes se fossem capazes.

O aparato social não torna o mundo harmonioso, ele também imprime terríveis privações e, vez por outra, a conformidade ganha.

Tal qual as estrelas, eles ficaram congelados no tempo, intocados e distantes.

Quando se afastaram, ambos partiram na esperança de mais uma palavra-chama, um sinal de fumaça que refletisse para um a luz, e a neblina das coisas, para outro.

Uma palavra que reafirmasse aquilo que parecia ser a coisa mais sublime do mundo.

Os raríssimos e irrenunciáveis encontros que, por uns instantes, abastecem o mundo e que, mais tarde, farão um coração cansado nascer para a palavra.

44.
Fim?

Depois de muitos meses convivendo com a ausência de Mathias, Laura o encontrou por acaso na porta de uma livraria.

Ela tinha ido prestigiar o livro novo de um amigo, e ele fazia parte do sarau de poesias que acontecia no lugar.

E eles que tantas vezes entardeceram juntos e anoiteceram juntos, e eles que foram *perto do coração selvagem*, tiveram de lidar com o itinerário desse desconcerto.

Laura poderia ter ido embora quando o viu, mas preferiu entrar, porque tem caminhos que devemos percorrer até o fim, simplesmente porque são nossos.

Talvez ainda buscasse uma forma de sair da mudez e ir até o silêncio que a tranquilizaria, depois de uma palavra que pudesse vir calar n'alma o que não cala, o que resta inquieto.

Não havia outra escolha senão suportar estar ali, depois de tudo, no mesmo ambiente, porque eram presas do que os libertaria.

Daí a necessidade de explorar a sensação mais que a experiência. As forças de dentro.

Ler o momento, o micromundo onde a natureza se manifesta.

O olhar deles dizia: era preciso circunscrever a exterioridade daquele fim, que tinha se dado como uma frase interrompida.

Foi nessa tentativa de dar forma ao informe que Mathias se aproximou de Laura.

O corpo dela já não retumbava como antes.

Era um corpo calmo, capaz de estar nas coisas de outro modo, mas que, ainda assim, ansiava por descobrir o que não estava no roteiro.

Foi preciso não se acovardar, inscrever o desfecho pelo acaso, esse diretor da vida.

Em vez de qualquer explicação, Laura e Mathias se abraçaram.

O abraço como um entendimento além do entendimento.

Mathias não soube o que dizer.

Ele olhou para Laura e exclamou:

— Unhas verdes... nas mãos, nos pés... em tudo!

Laura também não soube o que dizer e pensou sem dizer nada; de fato tinha sido tempo de voltar às fontes verdes.

A voz dela custou a sair:

— *And you...* como está tu?

Mathias fica em silêncio. Depois responde:

— Ótimo! E você?

Um pouco reativa com a resposta dele, ela repetiu feito um papagaio:

— Ótima!

Laura se lembrou com Almeida Prado de que a intimidade era seu último refúgio.

Assim sendo, ela mediu as palavras, porque tudo o que viesse agora viria de um lugar que a ultrapassava.

Tem horas que é preferível habitar o infinito antes de esculpir um território.

Iluminar o escuro onde mora a verdade que não raiou.

Mathias era capaz de ignorar o desamparo, mas Laura o via na beirada de seus olhos.

Ele sabia, como os estoicos, que duas coisas aterrorizam o mundo: o remorso e a esperança.

Laura, por sua vez, sabia que não havia na vida uma última palavra.

Talvez alguma palavra justa. Mas que não veio.

E Laura não insistiu.

Não queria também se afirmar com uma teatralidade que o ferisse.

Melhor era respeitar o vazio saturado que os separava.

Melhor era simplesmente ser o que era.

Eros tinha sido uma rasteira na paisagem que lhe atravessou os sonhos.

Mathias voltou para o seu lugar no sarau de poemas.

Laura cumprimentou seu amigo e, em seguida, decidiu ir embora.

Ela que, agora, era quem se guardava.

Não dava para sustentar por muito tempo a estranheza desse encontro.

Foi saindo da livraria, que dava para uma praça enorme.

Enquanto caminhava, escutou Mathias tomando a palavra no microfone.

Laura anda devagar enquanto escuta aquelas frases travestidas de poema:

— Não era para mim tanta poesia. Não era para mim, era para a própria poesia. Não era meu o silêncio. Era o silêncio da sua folha vazia. Fosse para mim, você dispensaria o tu, essa pessoa verbal que não nos pertence. Se fosse, você dispensaria a língua estrangeira e substituiria pela sua própria língua estrangeira. Você não se extraviaria como as cartas e os papéis. Seu corpo estaria aqui, junto ao meu, incorrigível, página em branco.

Laura continuava de costas, já pronta para atravessar a praça, mas tinha interrompido o passo.

Ela hesitou entre olhar ou não para trás.

Ela olhou.

Ele estava olhando para ela.

Ela deu um sorriso tímido e voltou-se para a frente, retomando o caminho.

Laura foi sumindo aos poucos na visão de Mathias.

O que restava agora era uma mancha, quase uma nódoa, movimentando-se no horizonte em direção ao sol que se punha, sereno e turbilhonante como a vida.

Este livro foi composto na tipografia Arno Pro,
em corpo 11,5/16, e impresso em
papel off-white no Sistema Cameron da
Divisão Gráfica da Distribuidora Record.